文学常识丛书

诗中酒

翟民　主编

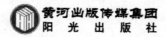
黄河出版传媒集团
阳　光　出　版　社

图书在版编目（CIP）数据

诗中酒 / 翟民主编. —— 银川：阳光出版社，
2016.7（2020.12重印）
（文学常识丛书）
ISBN 978-7-5525-2822-0

Ⅰ.①诗… Ⅱ.①翟… Ⅲ.①古典诗歌 – 诗歌欣赏 –
中国 – 青少年读物 Ⅳ.①I207.2–49

中国版本图书馆CIP数据核字(2016)第190144号

文学常识丛书　诗中酒　　　　　　　　　翟民　主编

责任编辑	贾　莉
封面设计	民谐文化
责任印制	岳建宁

黄河出版传媒集团
阳 光 出 版 社　出版发行

出 版 人	薛文斌
地　　址	宁夏银川市北京东路139号出版大厦（750001）
网　　址	http://www.ygchbs.com
网上书店	http://www.shop129132959.taobao.com
电子信箱	yangguangchubanshe@163.com
邮购电话	0951-5047283
经　　销	全国新华书店
印刷装订	河北燕龙印刷有限公司
印刷委托书号	（宁）0019163

开　　本	710 mm×1000 mm　1/16
印　　张	11
字　　数	126千字
版　　次	2016年11月第1版
印　　次	2021年1月第2次印刷
书　　号	ISBN 978-7-5525-2822-0
定　　价	33.00元

前　言

源远流长的中华五千年文化,滋养着生生不息的中华民族。那些饱含圣贤宗师心血的诗歌、散文 ,历经了发展和不断地丰富,融入了中华民族的血脉,铸就了中华民族的脊梁,毋庸置疑地成为宝贵的文化遗产、永恒的精神食粮、灿烂的智慧结晶。然而受课时篇幅所限,能够收入到中小学教科书的经典作品必定是极少数。为此,我们精心编辑了这一套集古代经典诗歌分类赏析、古代经典散文分类赏析为一体的《文学常识丛书》。

本套丛书包括:古代经典诗歌分类赏析共十册——《诗中水》《诗中情》《诗中花》《诗中鸟》《诗中雨》《诗中雪》《诗中山》《诗中日》《诗中月》《诗中酒》;古代经典散文分类赏析共十册——《物华风清》《人和政通》《诙谐闲趣》《情规义劝》《谈古喻今》《修身养性》《奇谋韬略》《群雄争锋》《逝者如斯》《天下为公》。

读古诗,我们会发现诗人都有这样一个特征——托物言志。如用“大鹏展翅”“泰山绝顶”来抒发自己对远大抱负的追求,用“梅兰竹菊”“苍松劲柏”来表达自己对崇高品格的追慕;用“青鸟红豆”“鸿雁传书”寄托相思,用“阳关柳色”“长亭古道”排解离愁,用“浮云”来感慨人生无常、天涯漂泊,用“流水”来喟叹时光易逝、岁月更替,用“子规”反映哀怨,用“明月”象征思念……总之,对这些本没有思想感情的自然物,古代诗人赋予它们以独特的寓意,使之成为古诗中绚丽多彩的意象。正是这些意象为古诗增添了无穷的魅力。

古典散文同样也散发着艺术的光辉,但更引人瞩目的是它所蕴含的思想精华,或纵论古今,或志异传奇,或微言大义,或以小见大,读后不禁让我们对古人睿智的思想和优美的文笔赞叹不已。

希望能通过这套丛书,使广大中学生对祖国光辉灿烂的文化遗产有一个更深刻的认识。

编者

目　录

作者简介

　　曹操(公元155年—220年),字孟德,杰出的政治家、军事家和文学家。沛国谯郡(今安徽亳县)人。少机警,有权术,任侠放荡,不治行业。二十岁举孝廉。在镇压黄巾起义的过程中,他发展了自己的势力,十数年间,先后击败吕布、袁术、袁绍等豪强集团,征服乌桓,统一北方。建安二十一年(公元216年)封魏王,四年后病死洛阳。其诗均古题乐府,气韵沉雄,古直悲凉。其文清峻通脱。今有《曹操集》传世。

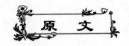

短歌行①

对酒当歌,人生几何?

譬如朝露,去日苦多。

慨当以慷,忧思难忘。

何以解忧②?惟有杜康③。

青青子衿,悠悠我心④。

但为君故,沉吟至今⑤。

呦呦鹿鸣⑥,食野之苹⑦。

我有嘉宾,鼓瑟吹笙。

明明如月,何时可掇⑧?

忧从中来,不可断绝。

越陌度阡⑨,枉用相存⑩。

契阔谈宴⑪,心念旧恩⑫。

月明星稀,乌鹊南飞。

绕树三匝⑬,何枝可依?

山不厌高,海不厌深⑭。

周公吐哺,天下归心⑮。

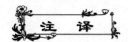

①这一篇似乎是用于宴会的歌辞,属《相和歌·平调曲》,其中有感伤乱离,怀念朋友,叹息时光消逝和希望得贤才帮助他建立功业的意思。

②何以:以谁。

③杜康:人名。相传他是开始造酒的人。一说这里用为酒的代称。

④衿:衣领。青衿是周代学子的服装。悠悠:长貌,形容思念之情。以上二句用《诗经·子衿》成句,表示对贤才的思慕。

⑤君:指所思慕的人。沉吟:犹言深念。

⑥呦呦:鹿鸣声。以下四句用《诗经·鹿鸣》成句,《鹿鸣》本是宴宾客的诗,这里指来表示招纳贤才的意思。

⑦蘋:艾蒿。

⑧掇:采拾。一作"辍",停止。明月是永不能拿掉的,它的运行也是永不能停止的,"不可掇"或"不可辍"都是比喻忧思不可断绝。

⑨陌、阡:田间的道路。古谚有"越陌度阡,更为客主"的话,这里用成语,言客人远道来访。

⑩存:省视。

⑪阔:契是投合,阔是疏远,这里是偏义复词,偏用契字的意义。"契阔谈宴"就是说两情契合,在一处谈心宴饮。

⑫旧恩:往日的情谊。

⑬匝:周围。乌鹊无依似喻人民流亡。

⑭以上二句比喻贤才多多益善。

⑮吐哺:周公曾自谓:"一沐三捉发,一饭三吐哺,起以待士,犹恐失天下之贤人。"(《史记·鲁周公世家》)"哺",口中咀嚼的食物。篇末引周公自比,说明求贤建业的心思。

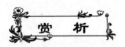

赏　析

　　这首诗是曹操众多名诗中的一篇。它气格高远,感情丰富,是诗人内心世界的真实写照。全诗是由眼前的歌舞酒宴生发开来,却又抛开对空间场面的具体描绘,而转为对时间的悠长思索,发出"人生几何"的感慨,由此而引出对贤才的渴望之情。凌空落墨,非如橡大笔不能如此。作者以貌似颓放的意态来表达及时进取的精神,以放纵歌酒的行为来表现对人生哲理的严肃思考,以浪费光阴之景来抒写心忧天下之情,被作者巧妙地融汇在一起,准确地表达了他独有的气质、个性,诗歌本身也因此而具有气韵沉雄、笔意恣肆的特点。

　　此诗以一种高唱与低吟相互为用的形式来倾诉慷慨激烈的情怀。时而击节放歌,"慨当以慷";时而沉吟不语,"忧思难忘";时而因贤才不得而忧心忡忡;时而因贤才归附而喜不自胜。曲曲折折,一忧一喜,忽徐忽急,全是一片怜才思贤之意。

　　对酒当歌,人生几何?

作者简介

　　曹植(公元192年—232年)，字子建，曹丕同母弟，曾封陈王，死棱谥思，故世称"陈思王"。少聪敏，有才华，浪受曹操宠爱，一度想立为太子。曹丕即位后，对他甚是猜忌，多方迫害，不得参预政事，最后郁郁而死，年仅41岁。他是建安时期成就最高的文学家，诗风华美，骨气奇高。散文和辞赋亦清丽流畅。今有《曹子建集》传世。

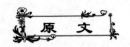

箜篌引①

置酒高殿上，亲交②从我游。

中厨办丰膳，烹羊宰肥牛。

秦筝③何慷慨，齐瑟④和且柔。

阳阿⑤奏奇舞，京洛⑥出名讴。

乐饮过三爵，缓带⑦倾庶羞。

主称千金寿，宾奉万年酬。

久要不可忘，薄终义所尤⑧。

谦谦君子德，磬折欲何求⑨？

惊风⑩飘白日，光景⑪驰西流。

盛时不再来，百年忽我遒⑫。

生存华屋处，零落归山丘。

先民⑬谁不死，知命复何忧？

文学常识丛书

①本篇是《相和歌·瑟调曲》歌辞，前半是宴饮的描写，后半是议论。本篇又题为《野田黄雀行》。"箜篌"，乐器名，体曲而长，二十三弦。

②亲交：亲近的友人。

③秦筝：筝是弦乐器。古筝五弦，形如筑。秦人蒙恬改为十二弦，变形

如瑟。唐以后又改为十三弦。

④齐瑟：瑟也是弦乐器，有五十弦，二十五弦，二十三弦，十九弦几种。在齐国临淄这种乐器很普遍。

⑤阳阿：《淮南子·俶真训》注以为人名，梁元帝《纂要》（《太平御览》卷五六九引）以为古艳曲名，这里用来和"京洛"相对，是以为地名。《汉书·外戚传》说赵飞燕微贱时属阳阿公主家，学歌舞。这个阳阿是县名，在今山西省凤台县西北。

⑥京洛：即"洛京"，指洛阳。

⑦缓带：解带脱去礼服换便服。庶羞：多种美味。

⑧久要：旧的。尤：非。"薄终义所尤"言对朋友始厚而终薄是道义所不许的。以上二句是说交友的正道，也是立身处世的正道。

⑨磬折：弯着身体像磬一般。这是恭敬的样子。君子谦恭虚己非有所求于人。何求：言无所求。

⑩惊风：疾风。

⑪光景：指日、月。

⑫道：迫近。

⑬先民：过去的人。

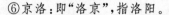

赏析

这是一首独具特色的游宴诗。它通过歌舞酒宴上乐极悲来的感情变化，深刻地展示了建安时代特有的社会心理。人生短促的苦闷和建立不朽功业的渴求交织成这首诗的主题，表现出"雅好慷慨"的时代风格。

这首诗的章法巧妙，很见匠心。诗歌在以较多的笔墨描写美酒丰膳、轻歌曼舞、主客相酬的情景之后，笔锋一转，吐露出欲求亲友忧患相济、共成大业的心愿,再转为对人生短促的喟叹,清醒地指出"盛时不再来"。至此,酒宴的欢乐气氛已扫荡一尽,乐极而悲来的心理历程完整地表达出来了,引人回忆起开篇的浓艳之笔、富贵之景,更添几分悲怆之情。如此立意谋篇,称得上是思健功圆了。

诗中两个意蕴含蓄的设问句:"谦谦君子德,磐折欲何求""先民谁不死,知命复何忧",是展示心理波澜的关键,透露了诗人对于人生意义、生死大关的思考。"欲何求","复何忧",寓答于问,大有意在言外之妙。

置酒高殿上,亲交从我游。

作者简介

嵇康(公元 223 年—263 年),三国时曹魏文学家。"竹林七贤"之一。字叔夜。谯国锤县(今安徽宿县)人。曾任中散大夫,史称"嵇中散"。司马昭曾想拉拢嵇康,但嵇康在当时的政争中倾向皇室一边,对于司马氏采取不合作态度,因此颇招忌恨。司马昭的心腹钟会想结交嵇康,受到冷遇,从此结下仇隙。嵇康的友人吕安被其兄诬以不孝,嵇康出面为吕安辩护,钟会即劝司马昭乘机除掉吕、嵇。当时太学生三千人请求救免嵇康,愿以康为师,司马昭不许。临刑,嵇康神色自若。奏《广陵散》一曲,从容赴死。嵇康的文学创作,主要是诗歌和散文。他的诗今存 50 余首,以四言体为多,占一半以上。

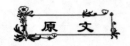

酒会诗①

一

乐哉苑中游，周览无穷已。

百卉吐芳华，崇台邀高跱。

林木纷交错，玄池戏鲂鲤。

轻丸毙翔禽，纤纶出鳣鲔。

坐中发美赞，异气同音轨。

临川献清酤，微歌发皓齿。

素琴挥雅操，清声随风起。

斯会岂不乐，恨无东野子。

酒中念幽人，守故弥终始。

但当体七弦，寄心在知己。

二

淡淡②流水，沦胥③而逝。

泛泛④柏舟，载⑤浮载滞。

微啸⑥清风，鼓楫⑦容裔。

放棹投竿，优游卒岁⑧。

①《酒会诗》共七首，此为第二首。此首通过水中泛舟的情境，抒发高逸淡远的人生情怀，笔调清虚，馀韵悠长。

②淡淡：水流平满的样子。

③沦胥：互相连接。此指源源不断。

④泛泛：游动的样子。

⑤载：语助词。

⑥啸：噘口发声。

⑦鼓楫：划桨。容裔：摇荡。

⑧优游：悠然自得。卒岁：指终生。

诗中酒

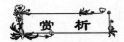

这首诗前半部分描写纵情山水的乐趣。诗篇以"乐哉"二字领起，一开始就直露出诗人置身于大自然中的莫大欢乐。远离了世俗的喧嚣，面对美妙的自然景色，目移神驰。诗人陶醉了！"百卉"四句描写诗人所见美景：各种花卉芳香馥郁，远方高台峙立，林木枝叶交横，深池中鲂鲤嬉戏。以上四句写游览之乐。接下"轻丸"四句写弋钓之乐。"轻丸"二字喻弹丸出手的迅疾。纤纶指钓鱼用的丝绳，鳣鲔泛指鱼类。"毙"和"出"二个动词，写出了弋钓者出手不凡，技艺高超。于是，弋钓者博得了众人的同声赞美。美赞，即赞美弋钓之善。"异气"，指众人。人所禀之气不同，故曰"异气"。"同音轨"即同声之意。刘桢《射鸢诗》描写射术之精曰："庶士同声赞，君射一何妍。"嵇康诗中这二句与刘桢诗句意思相同。"临川"以下四句写琴酒之乐。在清流绿水之间，他们饮酒歌唱，弹琴作乐，清雅的琴声随风荡漾。竹林七贤都喜酒，其中阮籍、刘伶、阮咸更嗜酒如命。对音乐，竹林七贤中的阮籍、嵇康、阮咸,不仅理论造诣甚高,而且是高超的演奏家。嵇康所弹琴曲《广陵散》,可谓独步当时。"临川"四句,真实地写出了竹林七贤放浪山水、流连琴酒的生活情景。此诗的前半部分,以"乐"字为基本的感情色彩。这就是嵇康某些诗歌的一大特色。它清楚地反映出由于魏末的时代环境而引起的诗风转变。

由于嵇康崇尚道家的以自然为宗,志气高远,形之于诗。境界清虚脱俗,情趣高邈超拔。这种风格特征,在《酒会诗》一类抒写高蹈遗世、栖隐山林之趣的诗歌中表现尤为明显。

绝妙佳句

酒中念幽人,守故弥终始。

作者简介

陶渊明(公元 365 年—427 年),字元亮,别号五柳先生,晚年更名潜,卒后亲友私谥靖节。东晋浔阳柴桑人(今九江市)人。

陶渊明出身于破落仕宦家庭。曾祖父陶侃,是东晋开国元勋,军功显著,官至大司马,都督八州军事,荆、江二州刺史、封长沙郡公。祖父陶茂、父亲陶逸都做过太守。

年幼时,家庭衰微,8 岁丧父,12 岁母病逝,与母妹三人度日。孤儿寡母,多在外祖父孟嘉家里生活。孟嘉是当代名士,"行不苟合,年无夸矜,未尝有喜愠之容。好酣酒,逾多不乱;至于忘怀得意,傍若无人。"

陶渊明的作品感情真挚,朴素自然,有时流露出逃避现实,乐天知命的老庄思想,有"田园诗人"之称。

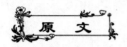
饮酒(其五)

结庐①在人境,而无车马喧。

问君何能尔②,心远地自偏。

采菊东篱下,悠然③见南山④。

山气日夕⑤佳,飞鸟相与还。

此中有真意⑥,欲辨已忘言⑦。

注 译

①结庐:构筑居室。

②尔:如此。

③悠然:自得的样子。

④南山:此指庐山人。

⑤日夕:傍晚。相与还:结伴回家。

⑥真意:人生的真正意义。

⑦忘言:语本《庄子·外物》:"言者所以在意也,得意而忘言。"此指人生真意不知如何用言语来表达。

赏 析

陶渊明的《饮酒》组诗共有20首,这组诗并不是酒后遣兴之作,而是诗人借酒为题,写出对现实的不满和对田园生活的喜爱,是为了在当时十分险恶的环境下借醉酒来逃避迫害。他在《饮酒》第二十首中写道"但恨多谬误,君当恕罪人",可见其用心的良苦。这里选的是其中的第五首。这首诗以情为主,融情入景,写出了诗人归隐田园后生活悠闲自得的心境。

这首诗的意境可分两层,前四句为一层,写诗人摆脱尘俗烦扰后的感受,表现了诗人鄙弃官场,不与统治者同流合污的思想感情。后六句为一层,写南山的美好晚景和诗人从中获得的无限乐趣。表现了诗人热爱田园生活的真情和高洁人格。

"结庐在人境,而无车马喧",写诗人虽然居住在污浊的人世间,却不受尘俗的烦扰。"车马喧",正是官场上你争我夺、互相倾轧、奔走钻营的各种丑态的写照。

"采菊东篱下,悠然见南山",这是千年以来脍炙人口的名句。因为有了"心远地自偏"的精神境界,才会悠闲地在篱下采菊,抬头见山,是那样地怡然自得,那样地超凡脱俗!这两句以客观景物的描写衬托出诗人的闲适心情,"悠然"二字用得很妙,说明诗人所见所感,非有意寻求,而是不期而遇。

全诗以平易朴素的语言写景抒情叙理,形式和内容达到高度的统一,无论是写南山傍晚美景,还是或抒归隐的悠然自得之情,或叙田居的怡然之乐,或道人生之真意,都既富于情趣,又饶有理趣。如"采菊东篱下,悠然见南山""山气日夕佳,飞鸟相与还",那样景、情、理交融于一体的名句不用说,就是"问君何能尔?心远地自偏","此中有真意,欲群已忘言"这样的句子,虽出语平淡,朴素自然,却也寄情深长,托意高远,蕴理隽永,耐人咀嚼,有无穷的理趣和情趣。

绝妙佳句

采菊东篱下,悠然见南山。

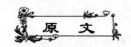

饮酒（其九）

清晨闻叩门，倒裳①往自开。

问子②为谁欤③，田父④有好怀⑤。

壶浆⑥远见候，疑我与时乖⑦。

"褴褛⑧茅檐下，未足为高栖⑨。

一世皆尚同⑩，愿君汨其泥。"

"深感父老言，禀气⑪寡所谐⑫。

纡辔⑬诚可学，违己⑭讵⑮非迷！

且⑯共欢此饮，吾驾⑰不可回。

①倒裳：因急忙起床迎客，把衣服穿颠倒了。

②子：你，即田父。

③欤：疑问词，相当于"呢"。

④田父：对老农民的尊称。

⑤好怀：好的情意。

⑥壶浆：壶里的酒浆，即一壶酒。

⑦与时乖：与世俗不合。

⑧褴褛：衣服破烂。

⑨栖:居宿,这句指这种地方不值得您作为高贵的居处。

⑩尚同:崇尚与世俗同流。

⑪禀气:天赋气质。

⑫寡所谐:很少与世俗谐和。

⑬纡辔:迂回曲折的驾马,意思是回心转意,改变隐居初衷而出仕。

⑭违己:违背自己的意志。

⑮讵:岂,难道。

⑯且:姑且。

⑰吾驾:我的车驾,这里指作者比喻自己选择的弃官归隐的人生道路。

诗中酒

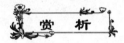

妙用典故不着痕迹,诗里隐含屈原《楚辞·渔父》语意,表示自己不从流俗趋时附势,归隐之志不可动摇。

17

纡辔诚可学,违己讵非迷!
且共欢此饮,吾驾不可回。

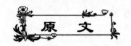

饮酒(其十三)

有客常同止①,取舍②邈异境③。

一士④长独醉,一夫⑤终年醒。

醒醉还相笑,发言各不领。

规规⑥一何愚⑦,兀傲⑧差若⑨颖⑩。

寄言酣中客⑪:日没烛当秉⑫。

注 译

①同止:同行同止,即经常在一起,朝夕相处的意思。

②取舍:采用和舍弃。

③邈:遥远。邈异境:相差太远,迥然不同。

④士:旧时对读书人的称呼。

⑤夫:旧时对成年男子的称呼。

⑥规规:循规蹈矩,小心谨慎。

⑦一何愚:是多么的愚蠢。

⑧兀傲:形容酒后意气旺盛。

⑨差若:差不多。

⑩颖:聪明。

⑪酣中客:喝醉了酒的人。

文学常识丛书

⑫秉：拿着。

赏 析

醒者热衷于名利，趋炎附势，小心翼翼，像似清醒而其实愚蠢。醉者似醉而其实很清醒。借酒抨击时弊，借酒排忧写志，虽醉而不至于纵酒昏酣，乃是避时远祸的聪明之举。

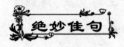

绝妙佳句

一士长独醉，一夫终年醒。

醒醉还相笑，发言各不领。

诗中酒

19

作者简介

　　鲍照(公元414年—466年)，字明远，东海(今江苏涟水县)北人。他出身寒庶，少有文学才情，因献诗临川王刘义庆，得到赏识，擢为国侍郎。以后作过秣陵令、永嘉令、临海王子顼参军。后子顼因谋反赐死，他也死于乱军之中。鲍照是南北朝时代最杰出的诗人。他的七言及五言乐府等作品，对唐代李白、高适、岑参、杜甫等诗人有浪大的影响。杜甫评论李白、高适、岑参的诗都提到鲍照，绝不是偶然的。

行路难(其一)

诗中酒

泻①水置平地，

各自东西南北流②。

人生亦有命，

安能行叹复坐愁？

酌酒以自宽，

举杯断绝歌路难③。

心非木石岂无感？

吞声④踯躅不敢言。

21

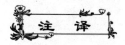

①泻：倾也。

②首二句以平地倒水，水流方向不一喻人生贵贱不齐。

③这句是说《行路难》的歌唱因饮酒而中断。

④吞声：声将发又止。从"吞声""踯躅""不敢"见出所忧不是细致的事。

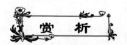

《行路难》，是乐府杂曲，本为汉代歌谣，晋人袁山松改变其音调，创制

新词,流行一时。鲍照《拟行路难》十八首,歌咏人生的种种忧患,寄寓悲愤。本篇是《拟行路难》的十八首中的第四首。钟嵘《诗品》说鲍照"才秀人微,取湮当代",此诗即是诗人的不平之鸣。诗人拈出泻水流淌这一自然现象作为比兴,引出对社会人生的无限感慨。乍读之下,似乎诗人心平气和地接受了"人生亦有命"的现实。其实,他是用反嘲的笔法来抨击不合理的门阀制度:地,岂是平的? 泻水于地,难道不是依照各自高下不同的地势而流向各方吗? 一个人的遭际如何,犹如泻水置地,不是也被出身的贵贱、家庭社会地位的高低所决定了吗!

"泻水"四句言不当愁;接下去写借酒浇愁:"酌酒以自宽,举杯断绝歌路难。"满怀的悲愁岂是区区杯酒能驱散的? 诗人击节高歌唱起了凄怆的《行路难》。面对着如此不合理的现实,诗人"心非木石岂无感"? 理的劝慰、酒的麻醉,难道就能使心如槁木吗? 当然不能。全诗的感情在这句达到高潮。紧接着却是一个急转直下:"吞声踯躅不敢言。"诗情的跌宕,将诗人忍辱负重、矛盾痛苦的精神状态表现得淋漓飞致! 此诗的语言近似口语,明白晓畅。诗歌的情感时而压抑,时而奔放,将复杂的心路历程表现的曲折婉转。

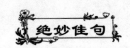

酌酒以自觉,举杯断绝歌路难。

作者简介

　　王翰(约公元 687—735 年后),字子羽,晋阳(今山西太原)人。唐睿宗景云元年(公元 710 年)中进士。举直言极谏,调昌乐尉。复举超拔群类,召为秘书正字。擢通事舍人、驾部员外。出为汝州长史,改仙州别驾。日与才士豪侠饮乐游畋,坐贬道州司马,卒。其诗题材大多吟咏沙场少年、玲珑女子以及欢歌饮宴等,表达对人生短暂的感叹和及时行乐的旷达情怀。词语似云铺绮丽,霞叠瑰秀;诗音如仙笙瑶瑟,妙不可言。绝句是他最擅长的,一首《凉州词》即把他推向了唐诗坛的高峰。《全唐诗》录存其诗一卷。

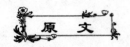

凉州词①

葡萄美酒②夜光杯③，欲饮琵琶马上催④。

醉卧沙场⑤君莫笑，古来征战几人回？

①凉州词：诗题一作"凉州曲"。

②葡萄美酒：以葡萄酿的好酒。

③夜光杯：华贵的酒杯。

④琵琶马上催：奏琵琶催饮。古人有奏乐劝酒之俗。

⑤沙场：战场。

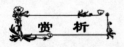

这是出征前的誓师宴会，因此它对许多将士来说，将意味着最后一次相聚，最后一次欢乐，最后一次喝酒，许多人将会在战场上倒下而不再回来。这不是悲伤绝望、惧怕战争，这是那一群忠勇报国的戍边将士奋不顾身、视死如归的精神的写照。全诗旷达、开朗，令人兴

文学常识丛书

奋、激昂，给人以一种阳刚美的艺术享受，千百年来，传诵不绝，成为不朽的名篇。

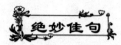

绝妙佳句

葡萄美酒夜光杯，欲饮琵琶马上催。

诗中酒

25

作者简介

孟浩然(公元 689 年—740 年),字浩然,襄州襄阳(今湖北襄樊)人。早年隐居鹿门山,四十岁入长安应进士考落第,失意东归,自洛阳东游吴越,即所谓"山水寻吴越,风尘厌洛京"。张九龄出镇荆州,引为从事,后病疽卒。是不甘隐沦而以隐沦终老的诗人。其诗多写山水田园的幽清境界,却不时流露出一种失意情绪,所以诗虽冲淡而有壮逸之气,为当世诗坛所推崇。与王维齐名,为盛唐山水田园诗派代表。

文学常识丛书

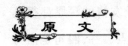
过①故人庄

诗中酒

故人具鸡黍②，邀我至田家。

绿树村边合③，青山郭外④斜。

开轩面场圃⑤，把酒话桑麻⑥。

待到重阳日⑦，还来就菊花⑧。

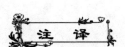 注 译

27

①过：有探望、拜访的意思。

②具：备办。鸡黍，丰盛的饭菜。黍，黄米。

③合：环绕，环合。

④郭外：指城郭外，即城墙外边。

⑤轩：此指窗户。面，面对着。场圃，指菜园。"开轩"一做"开筵"。

⑥话桑麻：闲谈农事。古代以桑麻喻农事。

⑦重阳日：指重阳节。

⑧就菊花：指来赏菊。

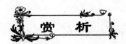 赏 析

这是一首很有名的田园诗。是作者隐居鹿门山时到一位山村友人家

作客后所写。本诗描写山村风光,田园生活的情趣以及友情的深厚都很真切生动。一、二句从应邀写起,以"鸡黍""田家"点明地点。三、四句是描写山村风光的名句,绿树环绕,青山横斜,犹如一幅清淡的水墨画,"合""斜"等词都极传神生动。五、六句写山村生活的情趣。面对场院菜圃,把酒谈论庄稼,亲切自然,富有生活气息。结尾两句以重阳节还来相聚写出友情之深,意余言外。全诗语言朴实清新,层次分明,结构谨严,意境鲜明。

绝妙佳句

开轩面场圃,把酒话桑麻。

文学常识丛书

作者简介

　　高适（约公元 700 年—765 年），字达夫，渤海蓚（今河北景县）人。少孤贫，潦倒失意，长期客居梁宋，以耕钓为业。又北游燕赵，南下寓于淇上。后中有道科，授封丘尉。天宝十二载，弃官入陇右节度使哥舒翰幕府掌书记。安史之乱，升侍御史，拜谏议大夫。肃宗朝历官御史大夫、扬州长史、淮南节度使，又任彭州、蜀州刺史，转成都尹、剑南西川节度使。入朝为刑部侍郎，转左散骑常侍，封渤海县侯，病逝。其诗以写军旅生活最具特色，粗犷豪放，遒劲有力，是边塞诗派的代表之一，与岑参齐名，世称"高岑"。

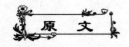

醉后赠张九旭①

世上②漫③相识④，此翁⑤殊不然⑥。

兴来⑦书自圣，醉后语尤颠⑧。

白发老闲事⑨，青云⑩在目前。

床头一壶酒，能更几回眠？

①张九旭：即张旭，兄弟辈中排行第九，故称张九旭。唐代著名书法家，善狂草，世称草圣。

②世上：指世上人。

③漫：漫不经心，随便。

④相识：结交。

⑤此翁：指张旭。翁，对老人的称呼。

⑥殊不然：却不是这样。

⑦兴来：张旭好酒。这里的"兴来"，当指酒兴勃发的时候。

⑧颠：张旭喜酒放达，称之为颠。尤颠，指那种语无伦次的豪放情态。

⑨闲事：无事。

⑩青云：天空中悠闲飘过的云彩。

文学常识丛书

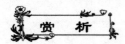

诗中酒

大诗人杜甫的《饮中八仙歌》说："张旭三杯草圣传,脱帽露顶王公前,挥毫落笔如云烟"。

史书上也说:张旭"好酒,每醉后,号呼狂走,索笔挥洒,变化无穷。"而高适在这首诗中所写的,也正是这种情趣。

诗的第二联,就张旭的书法和人品,做了生动的描绘。第三联将张旭那种白发青云的怡然自得的襟怀,加以赞赏。

因此,对于他的狂饮,不仅不加劝阻,而且觉得应该多饮,人生在世,"能更几回眠"啊。诗既赞美了张旭的性格,也流露了厌恶官场、追求闲适自如生活的情感。

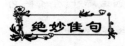
绝妙佳句

床头一壶酒,能更几回眠?

作者简介

李白(公元701—762年)是盛唐诗人,唐玄宗(公元712—755年)和唐肃宗(公元756年—762年)在位的五十年间,是李白从事文学活动时期。

据李阳冰(李白的族叔)《草堂集序》和范传正《唐左拾遗翰林学士李公新墓碑》载,李白祖籍陇西成纪(今甘肃天水附近),是凉武昭王暠的九世孙。隋末多难,先祖因罪谪居西域碎叶(今哈萨克斯坦国托克马克城附近)。关于李白的出生地,有两种说法。一说是李白生于碎叶镇。唐中宗神龙初年(公元705年,李白五岁时)东归广汉,落户在绵州昌隆县(今四川江油县)。一说李白生于四川而非碎叶。持此论者认为李《序》"神龙之始"、范《碑》神龙初之"神龙",乃"神功"之误写。神功初年,即公元697年,李家已迁蜀,则李白于公元701年生于蜀。

李白自幼读书很多,他自称"五岁诵六甲,十岁观百家"(《上安州裴长史书》)。"十岁观奇书,作赋凌相如"。"顷尝览千载,观百家,至于圣贤"(《上安州李长史书》)。李白自少年时代就喜欢结交侠、道、隐士,喜游历,"结发未识事,所交尽豪雄"(《赠从兄襄阳少府皓》),"十五游神仙,仙游未曾歇"(《感兴》其五),"十五好剑术,遍干诸侯"(《与韩荆州书》)。

开元十三年(公元725年),李白出蜀漫游,游历江陵、岳阳、长沙、零陵、庐山、金陵、维扬、姑苏、又回头至江夏（武昌），复至安陆，居于小寿山，被前朝宰相许圉师家招为孙女婿。此后数年即以安陆为中心，四处漫游，广交朋友。

天宝元年（公元742年），玄宗召李白入朝供奉翰林。天宝三载（公元744年），他被赐金放还，从此离开了仕途。他又开始漫游。在洛阳，遇见了已经33岁，却仍蹭蹬未仕的杜甫。此后两年间，他们三度同游，交情浪深。

随后李白以梁园（开封）为中心生活了十年。他在梁园与前朝高宗时的宰相宗楚客的孙女结婚。宗氏笃信道教，与李白志同道合。

此后十年，他仍到处漫游。安史之乱期间，李白曾随永王李璘军，后因此获罪，被流放夜郎。乾元二年（公元759年），李白行至巫山，遇大赦，旋即返航。

上元二年（公元761年），李光弼率百万军镇临淮，抵抗史朝义，李白曾请缨从戎，途中因病返回金陵，因生活无着，又投奔在当涂作县令的族叔李阳冰，次年病重，枕上授稿李阳冰，赋《临终歌》而卒，年62。

李阳冰整理了他的遗稿，编为《草堂集》（已佚）。今存李白集，诗约千首，各体文60余篇。清人王琦《李太白全集》是历代注释李诗的集大成之作。今人整理的版本有瞿蜕园、朱金城《李白集校注》、安旗等《李白全集编年注释》、詹瑛主编《李白全集校注汇释集评》等。

将进酒①

君不见黄河之水天上来,奔流到海不复回。

君不见高堂明镜悲白发,朝如青丝暮成雪。

人生得意须尽欢,莫使金樽空对月。

天生我材必有用,千金散尽还复来。

烹羊宰牛②且为乐,会须③一饮三百杯.

岑夫子④,丹丘生⑤,将进酒,杯莫停。

与君歌一曲,请君为我倾耳听:

钟鼓馔玉⑥不足贵,但愿长醉不复醒。

古来圣贤皆寂寞⑦,惟有饮者留其名。

陈王昔时宴平乐⑧,斗酒十千恣欢谑⑨。

主人何为⑩言少钱,径须沽取⑪对君酌。

五花马⑫,千金裘,呼儿将⑬出换美酒。

与尔同销万古愁.主人何为言少钱,径须沽取对君酌。

五花马,千金裘,呼儿将出换美酒,与尔同销万古愁。

①选自《李太白全集》(中华书局1977年版)。这首诗大约作于天宝十一载(公元752年),距诗人被唐玄宗"赐金放还"已达八年之久。当时,他

跟友人岑勋曾多次应邀到嵩山（在今河南登封市境内）元丹丘家里做客。《将进酒》，汉乐府旧题。将（qiāng），请。

②烹羊宰牛：意思是丰盛的酒宴。语本曹植《箜篌引》："中厨办丰膳，烹羊宰肥牛。"

③会须：应当。会、须，皆有应当的意思。

④岑夫子：即岑勋。

⑤丹丘生：即元丹丘，当时的隐士。

⑥钟鼓馔（zhuàn）玉：形容富贵豪华的生活。钟鼓，鸣钟击鼓作乐。馔玉，美好的饮食。馔，吃喝。玉，玉一般美好。

⑦寂寞：这里是被世人冷落的意思。

⑧陈王昔时宴平乐：陈王曹植从前在平乐观举行宴会。陈王，即曹植，因封于陈（今河南淮阳一带），死后谥"思"，世称陈王或陈思王。宴，举行宴会。平乐，观名，汉明帝所建，在洛阳西门外。这句和下句都出自曹植《名都篇》："归来宴平乐，美酒斗十千。"

⑨斗酒十千恣（zì）欢谑（xuè）：喝着名贵的酒，纵情地欢乐。斗酒十千，一斗酒价值十千钱，意即名贵。恣，放纵、无拘束。谑，玩笑。

⑩何为：为什么。

⑪径须沽取：那就应当买了来。径，即、就。沽，通"酤"，买或卖，这里指买。取，语助词，表示动作的进行。

⑫五花马：毛色斑驳的马。一说，剪马鬣为五瓣。极言马的名贵。

⑬将：拿。

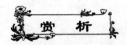 **赏　析**

　　李白咏酒的诗篇极能表现他的个性，这类诗固然数长安放还以后所作

思想内容更为深沉,艺术表现更为成熟。《将进酒》即其代表作。

《将进酒》篇幅不算长,却五音繁会,气象不凡。它笔酣墨饱,情极悲愤而作狂放,语极豪纵而又沉着。诗篇具有震动古今的气势与力量,这诚然与夸张手法不无关系,比如诗中屡用巨额数目字("千金""三百杯""斗酒十千""千金裘""万古愁"等等)表现豪迈诗情,同时,又不给人空洞浮夸感,其根源就在于它那充实深厚的内在感情,那潜在酒话底下如波涛汹涌的郁怒情绪。此外,全篇大起大落,诗情忽翕忽张,由悲转乐、转狂放、转愤激、再转狂放、最后结穴于"万古愁",回应篇首,如大河奔流,有气势,亦有曲折,纵横捭阖,力能扛鼎。其歌中有歌的包孕写法,又有鬼斧神工、"绝去笔墨畦径"之妙,既非·刻能学,又非率尔可到。通篇以七言为主,而以三、五十言句"破"之,极参差错综之致;诗句以散行为主,又以短小的对仗语点染(如"岑夫子,丹丘生","五花马,千金裘"),节奏疾徐尽变,奔放而不流易。《唐诗别裁》谓"读李诗者于雄快之中,得其深远宕逸之神,才是谪仙人面目",此篇足以当之。

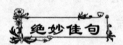

人生得意须尽欢,莫使金樽空对月。

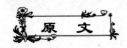

月下独酌

花间一壶酒,独酌①无相亲。

举杯邀明月,对影成三人②。

月既③不解④饮,影徒⑤随我身。

暂伴月将⑥影,行乐须及春⑦。

我歌月徘徊⑧,我舞影零乱⑨。

醒时同交欢⑩,醉后各分散。

永结无情⑪游,相期⑫邀⑬云汉⑭。

诗中酒

37

①独酌:一个人饮酒。

②成三人:明月和我以及我的影子恰好合成三人。

③既:且。

④不解:不懂。

⑤徒:空。

⑥将:和。

⑦及春:趁着青春年华。

⑧月徘徊:明月随我来回移动。

⑨影零乱:因起舞而身影纷乱。

⑩交欢：一起欢乐。

⑪无情：忘却世情。

⑫相期：相约。

⑬邈：遥远。

⑭云汉：银河。

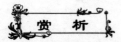
赏　析

这是一个精心剪裁出来的场面，写来却是那么自然。李白月下独酌，面对明月与影子，似乎在幻觉中形成了三人共饮的画面。在这温暖的春夜，李白边饮边歌舞，月与影也紧随他那感情的起伏而起伏，仿佛也在分享他饮酒的欢乐与忧愁。

从逻辑上讲，物与人的内心世界并无多少关系。但从诗意的角度上看，二者却有密不可分的关系。这也正是中国诗歌中的"兴"之起源。它从《诗经》开始就一直赋予大自然以拟人的动作、思想与情感，如"月出皎兮，佼人僚兮"，"愁月""悲风"等等。李白此诗正应了这"兴"之写法，赋明月与影子以情感。正如林语堂所说："它是一种诗意的与自然合调的信仰，这使生命随着人类情感的波动而波动。"

但在诗之末尾，李白又流露出一种独而不独，不独又独的复杂情思，他知道了月与影本是无情物，只是自己多情而已。面对这个无情物，李白依然要永结无情游，意思是月下独酌时，还是要将这月与影邀来相伴歌舞，哪怕是"相期邈云汉"，也在所不辞。可见太白之孤独之有情已到了何等地步！

斯蒂芬·欧文曾说："诗歌是一种工具，诗人通过诗歌而让人了解和叹赏他的独特性。"

李白正是有了这首"对影成三人"的《月下独酌》，才让我们了解和叹赏他的独特性的。

今天，无论男女老少，任何一个中国人，只要他举杯浅酌，都会吟咏"举杯邀明月，对影成三人"，以表他对所谓风雅与独饮的玩味。而这首诗的独特性，早已化入我们民族的集体无意识之中了。

举杯邀明月，对影成三人。

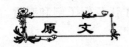

把酒问月

青天有月来几时？我今停杯一问之①。

人攀明月不可得，月行却与人相随。

皎如飞镜临丹阙②。绿烟灭尽清辉发。

但见③宵从海上来，宁知晓向云间没？

白兔捣药④秋复春，嫦娥孤栖与谁邻？

今人不见古时月，今月曾经照古人。

古人今人若流水，共看明月皆如此。

唯愿当歌对酒时⑤，月光长照金樽里。

注　译

①问之：故人贾淳令予问之。

②丹阙，朱红色的宫门。绿烟，指遮蔽月光的浓重的云雾。

③但见，只看到。宁知，怎知。没，隐没。

④白兔捣药，是古代的神话传说，西晋傅玄《拟天问》："月中何有，白兔捣药"。嫦娥，传说中后羿的妻子，她偷吃了羿的仙药，成为仙人，奔入月中。见《淮南子·览冥训》。

⑤当歌对酒时，在唱歌饮酒的时候。曹操《短歌行》："对酒当歌，人生几何？"金樽，精美的酒具。

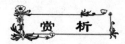

　　这是一首应友人之请而作的咏月抒怀诗。诗人以纵横恣肆的笔触,从多侧面、多层次描摹了孤高的明月形象,通过海天景象的描绘以及对世事推移、人生短促的慨叹,展现了作者旷达博大的胸襟和飘逸潇洒的性格。

　　全诗十六句,每四句一换韵。悠悠万古,长存不变的明月,是永恒时空里的奇迹,常常引起人类的无限遐思。前两句以倒装句式统摄全篇,以疑问句表达了诗人的这种困惑,极有气势。诗人停杯沉思,颇有几分醉意,仰望苍冥发问道:这亘古如斯的明月,究竟是从何时就存在的呢?这一对宇宙本源的求索与困惑,实际上是对自身的生命价值的思索和探寻,"停杯"二字生动地表现出他的神往与迷惑糅杂的情态。三四句写出了人类与明月的微妙关系。古往今来,有多少人想要飞升到月中以求长生不老,但皆是徒然,而明月却依然用万里清辉普照尘世,伴随着世世代代繁衍生息的人们。两句写出了明月既无情又有情、既亲切又神秘的人格化的特性,蕴含着诗人向往而又无奈的复杂心境。"皎如"两句极写月色之美。浓重的云雾渐渐消散,月亮皎洁得有若悬挂在天际的明镜,散射出清澄的光辉,照临着朱红色的宫门。诗人以"飞镜"为譬,以"丹阙""绿烟"为衬,将皎洁的月光写得妩媚动人,光彩夺目。"但见"二句,借明月的夜出晓没来慨叹时光流逝之速。明月在夜间从东海升起,拂晓隐没于西天云海,如此循环不已,尘世间便在其反复出没中推演至今。两句中既表达了对明月踪迹难测的惊异,也隐含着对人们不知珍惜美好时光的深沉叹惋。

　　全诗感情饱满奔放,语言流畅自然,极富回环错综之美。诗人由酒写到月,又从月归到酒,用行云流水般的抒情方式,将明月与人生反复对照,在时间和空间的主观感受中,表达了对宇宙和人生哲理的深层思索。其立

41

诗中酒

意上承屈原的《天问》，下启苏轼的《水调歌头》（明月几时有）。情理并茂，富有很强的艺术感染力。

绝妙佳句

　　唯愿当歌对酒时，月光长照金樽里。

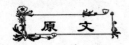

对酒忆贺监二首并序

　　太子宾客贺公，于长安紫极宫①一见余，呼余为谪仙人，因解金龟换酒为乐。没后对酒，怅然有怀，而作是诗。

　　　　四明②有狂客③，风流贺季真④。

　　　　长安一相见，呼我谪仙人。

　　　　昔好杯中物⑤，今为松下尘⑥。

　　　　金龟⑦换酒处，却忆泪沾巾。

　　　　狂客归四明，山阴⑧道士迎。

　　　　敕赐镜湖水⑨，为君台沼⑩荣。

　　　　人亡余故宅，空有荷花生。

　　　　念此杳⑪如梦，凄然伤我情。

　　①紫极宫：道观。

　　②四明：山名，位于今浙江宁波西南。

　　③狂客：贺知章自号"四明狂客"。

　　④贺季真：贺知章，字季真。

　　⑤杯中物：指酒。

　　⑥松下尘：已亡故之意。古代坟墓上多植松柏，故有此说法。

⑦金龟:唐代官员的佩饰。

⑧山阴:今浙江绍兴。

⑨敕赐句:贺知章还乡时,唐玄宗把剡川一曲赐给他作放生池。敕赐:皇帝的赏赐。镜湖:在浙江绍兴。

⑩沼:池塘。

⑪杳:渺茫。

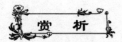

天宝五载(公元746年),李白南游会稽(今浙江绍兴)时,曾到过贺知章的故宅。当时贺知章已经病逝,诗人对酒怀旧,怅然有怀,因而写下这两首诗,悼念友人。贺知章曾官秘书监,所以称贺监。

昔好杯中物,今为松下尘。

金龟换酒处,却忆泪沾巾。

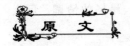

客 中 行①

兰陵②美酒郁金香③，玉碗④盛⑤来琥珀⑥光。

但⑦使主人能醉客⑧，不知何处是他乡⑨。

诗中酒

 注 译

①客中行：客中，旅居在外。行，了歌唱的诗，诗歌的另一种体裁。

②兰陵：地名，在山东省枣庄市。

③郁金香：香草名。这里指用郁金香配制的美酒。

④玉碗：玉做的碗。

⑤盛：装。

⑥琥珀：原为树脂的化石，黄褐色，透明，可制成香料及装饰品。

⑦但：只要。

⑧醉客：使客人尽兴畅饮。客指李白自己。

⑨他乡：异乡。

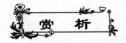 赏 析

读了这首诗，好像看到诗人举杯痛饮的神态，充分反映了他的豪迈奔放的性格特点。全诗淋漓酣畅，直泻千里，一扫游子诗中常见的那种旅思

45

乡愁。"不知何处是他乡",说得何等痛快,充满了乐观、昂扬的情调。后人称李白为"诗仙"。洒脱,无尘俗气,是李白诗作的特点之一。

兰陵美酒郁金香,玉碗盛来琥珀光。

文学常识丛书

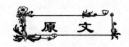

行路难①

金樽清酒斗十千②,玉盘珍羞直万钱③。

停杯投箸④不能食,拔剑四顾心茫然。

欲渡黄河冰塞川,将登太行⑤雪满山。

闲来垂钓碧溪⑥上,忽复乘舟梦日边⑦。

行路难,行路难,多歧路⑧,今安在?

长风破浪⑨会有时,直挂云帆济沧海⑩。

47

①行路难:乐府歌辞之一。原诗有三首,这是第一首。

②金樽(zūn):金酒杯。斗(dǒu)十千:一斗酒值十千钱。

③玉盘:玉制的盘子。珍羞:精美的食品。羞:同"馐"。直:同"值"。

④箸(zhù):筷子。

⑤太行(háng):山名,位于山西河北交界处。

⑥垂钓碧溪:据《史记·齐太公世家》载,吕尚(姜太公)曾在渭水边垂钓,后来遇到周文王,被重用。

⑦乘舟梦日边:传说伊尹在受成汤重用前,曾梦见自己乘船经过日月旁边。

⑧歧路:叉路。

⑨长风破浪:比喻远大抱负得以实现。

⑩云帆:像白云一样的船帆。济:渡过。沧海:大海。

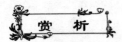

这是李白所写的三首《行路难》的第一首。这组诗从内容看,应该是写在天宝三载(公元 744 年)李白离开长安的时候。

诗的前四句写朋友出于对李白的深厚友情,出于对这样一位天才被弃置的惋惜,不惜金钱,设下盛宴为之饯行。"嗜酒见天真"的李白,要是在平时,因为这美酒佳肴,再加上朋友的一片盛情,肯定是会"一饮三百杯"的。然而,这一次他端起酒杯,却又把酒杯推开了;拿起筷子,却又把筷子撂下了。他离开座席,拔下宝剑,举目四顾,心绪茫然。停、投、拔、顾四个连续的动作,形象地显示了内心的苦闷抑郁,感情的激荡变化。

这首诗在题材、表现手法上都受到鲍照《拟行路难》的影响,但却青出于蓝而胜于蓝。两人的诗,都在一定程度上反映了封建统治者对人才的压抑,而由于时代和诗人精神气质方面的原因,李诗却揭示得更加深刻强烈,同时还表现了一种积极的追求、乐观的自信和顽强地坚持理想的品格。因而,和鲍作相比,李诗的思想境界就显得更高。

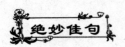

金樽清酒斗十千,玉盘珍馐值万钱。

鲁郡东石门送杜二甫①

醉别复几日，登临遍池台②。

何时石门路，重有金樽开③。

秋波落泗水，海色明徂徕④。

飞蓬各自远⑤，且尽手中杯。

诗中酒

①石门，山名，在今山东曲阜县东北，上有石门寺。杜二甫，即杜甫，因排行第二，故称。唐代大诗人，字子美，河南巩县人。曾任左拾遗、检校工部员外郎等职。有《杜工部集》。

②登临，登山临水，游览的意思。这句意为：游遍了这一带的山水楼台。

③两句意为：何时再来石门，重新开樽痛饮。

④秋波，秋水。泗水，在今山东省中部，源出泗水县东南的蒙山麓，四泉并发，故名。海色，晓色。因拂晓时天色微明如海气朦胧。徂徕，山名，在今山东泰安县东南。两句意为：秋波荡漾不停地泻入泗水，徂徕山影在晨光中隐约可见。

⑤这句意为：分别后，将像飞蓬一样各奔东西，愈去愈远。

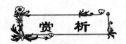

李白于天宝三载(公元744年)被诏许还乡,驱出朝廷后,在洛阳与杜甫相识,两人一见如故,来往密切。天宝四载,李杜重逢,同游齐鲁。深秋,杜甫西去长安,李白再游江东,两人在鲁郡东石门分手,临行时李白写了这首送别诗。题中的"二",是杜甫的排行。

"醉别复几日",没有几天便要离别了,那就痛快地一醉而别吧!两位大诗人在即将分手的日子里舍不得离开。"醉眠秋共被,携手日同行",鲁郡一带的名胜古迹,亭台楼阁几乎都登临游览遍了,"登临遍池台"说的就是这个意思。李白多么盼望这次分别后还能再次重会,同游痛饮:"何时石门路,重有金樽开?"石门,山名,在山东曲阜东北,是一座风景秀丽的山峦,山有寺院,泉水潺潺,李杜经常在这幽雅隐逸的胜地游览。这两句诗也就是杜甫所说的"何时一樽酒,重与细论文"的意思。"重有金樽开"这一"重"字,热烈地表达了李白希望重逢欢叙的迫切心情;又说明他们生活中有共同的乐趣,富有浓烈的生活气息,读来令人感到亲切。

这首送别诗以"醉别"开始,干杯结束,首尾呼应,一气呵成,充满豪放不羁和乐观开朗的感情,给人以鼓舞和希望而毫无缠绵哀伤的情调。诗中的山水形象,隽美秀丽,明媚动人,自然美与人情美——真挚的友情,互相衬托;纯洁无邪、胸怀坦荡的友谊和清澄的泗水秋波、明净的徂徕山色交相辉映,景中寓情,情随景现,给人以深刻的美感享受。这首诗以情动人,以美感人,充满诗情画意,是脍炙人口的佳作。

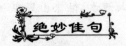绝妙佳句

醉别复几日,登临遍池台。

何时石门路,重有金樽开?

文学常识丛书

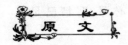

金陵①酒肆②留别

风吹柳花满店香,吴姬③压酒④唤客尝。

金陵子弟来相送,欲行不行各尽觞⑤。

请君试问东流水,别意与之谁短长。

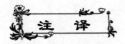
注 译

①金陵:南京。

②酒肆:酒店。

③吴姬:吴地的青年女子,这里指卖酒女。

④压酒:酒酿成时,压酒糟取酒。

⑤尽觞:干杯。

51

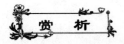
赏 析

这首小诗描绘了在春光春色中江南水乡的一家酒肆,诗人满怀别绪酌饮,"当垆姑娘劝酒,金陵少年相送"的一幅令人陶醉的画图。风吹柳花,离情似水。走的痛饮,留的尽杯。情绵绵,意切切,句短情长,吟来多味。沈德潜《唐诗别裁集》说此诗"语不必深,写情已足"。
全诗可见诗人的情怀多么丰采华茂,风流潇洒。

绝妙佳句

风吹柳花满店香,吴姬压酒唤客尝。

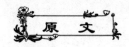

下终南山过斛斯山人宿置酒

暮从碧山①下②，山月随人归。

却顾③所来径④，苍苍横翠微⑤。

相携⑥及田家，童稚开荆扉。

绿竹入幽径，青萝拂行衣。

欢言得所憩，美酒聊共挥。

长歌吟松风⑦，曲尽河星稀。

我醉君复乐，陶然共忘机⑧。

诗中酒

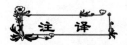

①碧山：指终南山。

②下：下山。

③却顾：回头望。

④所来径：来时的小路。

⑤翠微：青翠的山坡。

⑥相携：下山时路遇斛斯山人，携手同去其家。

⑦松风：指古乐府《风入松》曲，也可作歌声随风入松林解。

⑧机：世俗的心机。

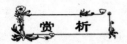

赏 析

　　这是一首田园诗,是诗人在长安供奉翰林时所写。全诗写月夜在长安南面的终南山,去造访一位姓斛斯的隐士。诗写暮色苍茫中的山林美景和田家庭院的恬静、流露出诗人的称羡之情。

　　诗以"暮"开首,为"宿"开拓。相携欢言,置酒共挥,长歌风松,赏心乐事,自然陶醉忘机。这些都是作者真情实感的流溢。

　　此诗以田家、饮酒为题材,很受陶潜田园诗的影响。然陶诗显得平淡恬静,既不首意染色,口气也极和缓。如"暧暧无人村,依依墟里烟""采菊东篱下,悠然见南山"等等。而李诗却着意渲染。细吟"绿竹入幽径,青萝拂行衣。欢言得所憩,美酒聊共挥",就会觉得色彩鲜明,神情飞扬。可见陶李两者风格迥异。

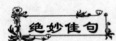

　　欢言得所憩,美酒聊共挥。

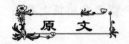

哭宣城善酿纪叟①

纪叟黄泉里②,还应酿老春③。

夜台无晓日④,沽酒与何人⑤?

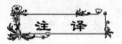
①善酿,善于酿酒。纪叟,姓纪的老人。

②黄泉,地下的水。这里指旧时所谓阴间。

③老春,酒名。唐代的酒多以"春"字为名,如"老春""大春"等。

④夜台,指墓穴。墓中不见光明,如同长夜。这句一作"夜台无李白"。

⑤沽酒,卖酒。

赏 析

这首五绝是李白在宣城,为悼念一位善于酿酒的老师傅而写的。事本寻常,诗也只寥寥数语,但因为它以朴拙的语言,表达了真挚动人的感情,一直为后人所爱读。

纪叟离开人世间,引起诗人深深的惋惜和怀念。诗人痴情地想象这位酿酒老人死后的生活。既然生前他能为我李白酿出老春名酒,那么如今在黄泉之下,还会施展他的拿手绝招,继续酿造香醇的美酒吧!这看去是诗

55

人一种荒诞可笑的假想,然而却说得那么认真、悲切,使读者在感情上容易接受,觉得这一奇想是合乎人情的。

接着,诗人又沿着这条思路想得更深一层:纪叟纵然在黄泉里仍操旧业,但生死殊途,叫我李白如何能喝得到他的酒呢?想到这里,诗人更为悲切,为了表达这种强烈的伤感之情,采用设问句式,故作痴语问道:"老师傅!你已经去到漫漫长夜般的幽冥世界中去了,而我李白还活在人世上,你酿了老春好酒,又将卖给谁呢?"照这两句诗的含意,似乎纪叟原是专为李白酿酒而活着,并且他酿的酒也只有李白赏识。这种想法显然更是不合乎情理的痴呆想法,但更能表明诗人平时与纪叟感情的深厚,彼此是难得的知音,现在死生分离,是多么悲痛啊!

沽酒与酿酒是李白与纪叟生前最平常的接触,然而,这看似平常的小事,却是最令人难忘,最易引起伤感。诗人善于抓住这一点,并赋予浪漫主义的色彩加以渲染,感情真挚自然,十分感人。

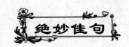

夜台无晓日,沽酒与何人?

山中与幽人对酌①

两人对酌山花开，一杯一杯复一杯。
我醉欲眠卿且去②，明朝有意抱琴来。

诗中酒

注 译

①幽人，指在山中隐居的人。对酌，相对饮酒。

②我醉欲眠，晋人陶潜对来访的客人，不分贵贱，都设酒招待。陶潜先醉就对客说："我醉欲眠，卿可去。"卿，即"你"，是古代对熟悉朋友的称呼。诗人化用陶潜句意，表示与这位对酌的幽人亲密无间，毫无拘束，浪漫中带着写实意味。

赏 析

李白饮酒诗特多兴会淋漓之作。此诗开篇就写当筵情景。"山中"，对李白来说，是"别有天地非人间"的；盛开的"山花"更增添了环境的幽美，而且眼前不是"独酌无相亲"，而是"两人对酌"，对酌者又是意气相投的"幽人"（隐居的高士）。此情此景，事事称心如意，于是乎"一杯一杯复一杯"地开怀畅饮了。次句接连重复三次"一杯"，不但极写饮酒之多，而且极写快意之至。读者仿佛看到那痛饮狂歌的情景，听到"将进酒，君莫停"（《将进酒》）那样兴高采烈的劝酒的声音。由于贪杯，诗人许是酩酊大醉了，玉山

57

将崩,于是打发朋友先走。"我醉欲眠卿且去",话很直率,却活画出饮者酒酣耳热的情态,也表现出对酌的双方是"忘形到尔汝"的知交。尽管颓然醉倒,诗人还余兴未尽,还不忘招呼朋友"明朝有意抱琴来"呢。此诗表现了一种超凡脱俗的狂士与"幽人"间的感情,诗中那种随心所欲、恣情纵饮的神情,挥之即去、招则须来的声口,不拘礼节、自由随便的态度,在读者面前展现出一个高度个性化的艺术形象。

此诗的语言特点,在口语化的同时不失其为经过提炼的文学语言,隽永有味。如"我醉欲眠卿且去"二句明白如话,却是化用一个故实。《宋书·隐逸传》:"(陶)潜不解音声,而畜素琴一张,无弦,每有酒适,辄抚弄以寄其意。贵贱造之者,有酒辄设。潜若先醉,便语客:'我醉欲眠,卿可去',其真率如此。"此诗第三句几乎用陶潜的原话,正表现出一种真率脱略的风度。而四句的"抱琴来",也显然不是着意于声乐的享受,而重在"抚弄以寄其意"、以尽其兴,这从其出典可以会出。

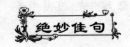

绝妙佳句

我醉欲眠卿且去,明朝有意抱琴来。

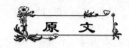

陪族叔刑部侍郎晔及中书
贾舍人至游洞庭五首(其二)

南湖①秋水夜无烟,耐可②乘流直上天?

且③就洞庭赊月色,将船买酒白云边。

①南湖,指洞庭湖。在长江之南,故称。

②耐可,哪可,怎么能够。

③且,姑且。

59

诗中酒

赏 析

肃宗乾元二年(公元759年)秋,刑部侍郎李晔贬官岭南,行经岳州(今
湖南岳阳),与诗人李白相遇,时贾至亦谪居岳州,三人相约同游洞庭湖,李
白写下一组五首的七绝记其事。这是其中第二首,它内涵丰富,妙机四溢,
有悠悠不尽的情韵。

首句写景,兼点季节与泛舟洞庭事。洞庭在岳州西南,故可称"南湖"。
唐人喜咏洞庭,佳句累累,美不胜收。"南湖秋水夜无烟"一句,看来没有具
体精细的描绘,却是天然去雕饰的淡语,惹人联想。夜来湖上,烟之有无,
其谁能察?能见"无烟",则湖上光明可知,未尝写月,而已得"月色",极妙。

清秋佳节,月照南湖,境界澄彻如画,读者如闭目可接,足使人心旷神怡。这种具有形象暗示作用的诗语,淡而有味,其中佳处,又为具体摹写所难到。

在被月色净化了的境界里,最易使人忘怀尘世一切琐屑的得失之情而浮想联翩。湖光月色此刻便激起"谪仙"李白羽化遗世之想,所以次句道:安得("耐可")乘流而直上青天!传说天河通海,故有此想。诗人天真的异想,又间接告诉读者月景的迷人。

诗人并没有就此上天,后两句写泛舟湖上赏月饮酒之乐。"且就"二字意味深长,似乎表明,虽未上天,却并非青天不可上,也并非自己不愿上,而是洞庭月色太美,不如暂且留下来。其措意亦妙。苏东坡《水调歌头》"我欲乘风归去,唯恐琼楼玉宇,高处不胜寒。起舞弄清影,何似在人间"数句,意境与之近似。

湖面清风,湖上明月,自然美景,人所共适,故李白曾说"清风朗月不用一钱买"(《襄阳歌》)。说"不用一钱买",是三句"赊"字最恰当的注脚,还不能尽此字之妙。此字之用似甚无理,"月色"岂能"赊"?又岂用"赊"?然而著此一字,就将自然人格化。八百里洞庭俨然一位富有的主人,拥有湖光、山景、月色、清风等等无价之宝(只言"赊月色",却不妨举一反三),而又十分慷慨好客,不吝借与。著一"赊"字,人与自然有了娓娓对话,十分亲切。这种别出心裁的拟人化手法,是高人一筹的。作者《送韩侍御之广德》也有"暂就东山赊月色,酣歌一夜送渊明"之句,亦用"赊月色"词语,可以互参。面对风清月白的良宵不可无酒,自然引出末句。明明在湖上,却说"将船买酒白云边",亦无理而可玩味。原来洞庭湖面辽阔,水天相接,遥看湖畔酒家自在白云生处。说"买酒白云边",足见湖面之壮阔。同时又与"直上天"的异想呼应,人间酒家被诗人的想象移到天上。这即景之句又充满奇情异趣,丰富了全诗的情韵。

总的说来,此诗之妙不在景物具体描绘的工致,而在于即景发兴,艺术想象奇特,铸词造语独到,能启人逸思,通篇有味而不可句摘,恰如谢榛所说:"以兴为主,浑然成篇,此诗之入化也"(《四溟诗话》)。

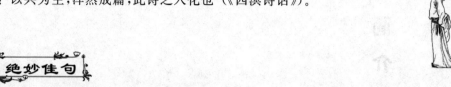

　　且就洞庭赊月色,将船买酒白云边。

作者简介

　　王维(公元 701 年—761 年),字摩诘,原籍太原祁县(今属山西),父辈迁居于蒲州(今山西永济)。开元九年进士及第,任太乐丞,因事贬为济州司仓参军。曾奉使出塞,回朝官尚书右丞。安史之乱,身陷叛军,接受伪职。受降官处分。其名字取自维摩诘居士,心向佛门。虽为朝廷命官,却常隐居蓝田辋川别业,过着亦官亦隐的居士生活。多才多艺,能书能画,诗歌成就以山水诗见长,描摹细致,富于禅趣。苏轼谓其"诗中有画","画中有诗",正指出其诗画的特色和造诣。与孟浩然同为唐代山水田园诗派代表。

文学常识丛书

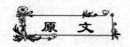

渭城曲①

渭城②朝雨浥③轻尘,客舍④青青柳色新。

劝君⑤更尽一杯⑥酒,西出阳关⑦无故人。

①渭城曲:诗题一作《送元二使安西》。安西,康安西都护府治所,在今新疆维吾尔自治区库车县境内。

②渭城:即秦都城咸阳,汉改称渭城,在今陕西省咸阳市东北。

③浥:沾湿。

④客舍:旅舍。

⑤君:指元二。

⑥更尽一杯:再喝一杯。

⑦阳关:汉所置。在今甘肃省敦煌县西南,因在玉门关之南,所以称"阳关",为古代通西域要道。

63

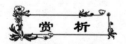

这是王维的一首极负盛名的送别之作。这首诗之所以享有盛名,诗的头两句写明送别的地点和场所,着意描绘了渭城春雨的细润和垂柳的柔

美,衬托出惜别的情意。后两句写殷勤劝酒,直抒胸臆。用一"更"字和"无故人",把依依不舍和别后的怀念之情充分表现出来。明代李东阳说:"王摩诘'无故人'之句,盛唐以前所未道。此辞一出,一时传颂不足,至为三叠歌之,后之咏别者千言万语殆不能出其意之外,必如是方可谓之达耳。"此论说明了这首诗的成就和影响。

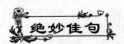

绝妙佳句

　　劝君更尽一杯酒,西出阳关无故人。

文学常识丛书

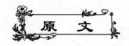

少年行

新丰①美酒斗十千,咸阳②游侠多少年。

相逢意气为君饮,系马高楼垂杨边③。

诗中酒

①新丰:古县名,汉置,治所在今陕西省临潼县东北。新丰镇古时产美酒,谓之新丰酒。

②咸阳:秦都,故址在今陕西咸阳市东北二十里。此借指唐都长安。

③三、四句写游侠少年因意气相投而欢饮纵酒。

65

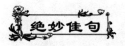

这首诗写长安城里游侠少年意气风发的风貌和豪迈气概。《唐诗归》引钟云:"此'意气'、二字虚用得妙。"《唐贤三昧集笺注》:"豪侠凌厉之气,了不可折。"

绝妙佳句

新丰美酒斗十千,咸阳游侠多少年。

作者简介

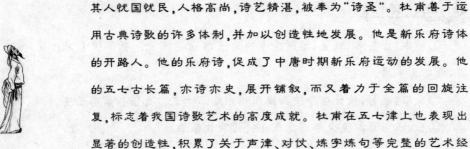

　　杜甫(公元 712 年—770 年),字子美,唐代著名诗人。祖籍襄阳(今属湖北),生于河南巩县。子美生活在唐朝由盛转衰的历史时期,其诗多涉笔社会动荡、政治黑暗、人民疾苦,被誉为"诗史"。其人忧国忧民,人格高尚,诗艺精湛,被奉为"诗圣"。杜甫善于运用古典诗歌的许多体制,并加以创造性地发展。他是新乐府诗体的开路人。他的乐府诗,促成了中唐时期新乐府运动的发展。他的五七古长篇,亦诗亦史,展开铺叙,而又着力于全篇的回旋注复,标志着我国诗歌艺术的高度成就。杜甫在五七津上也表现出显著的创造性,积累了关于声津、对仗、炼字炼句等完整的艺术经验,使这一体裁达到完全成熟的阶段。有《杜工部集》传世。

文学常识丛书

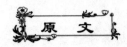

饮中八仙歌

知章①骑马似乘船②，眼花③落井水底眠。

汝阳④三斗始朝天⑤，道逢曲车⑥口流涎⑦，恨不移封向酒泉。

左相⑧日兴费万钱，饮如长鲸⑨吸百川，衔杯乐圣⑩称避贤。

宗之⑪潇洒美少年，举觞⑫白眼⑬望青天，皎如玉树⑭临风前。

苏晋⑮长斋⑯绣佛前，醉中往往爱逃禅⑰。

李白一斗诗百篇，长安市上酒家眠，

天子呼来不上船⑱，自称臣是酒中仙。

张旭⑲三杯草圣传，脱帽露顶⑳王公前，挥毫落纸如云烟㉑。

焦遂㉒五斗方卓然㉓，高谈雄辩惊四筵㉔。

诗中酒

67

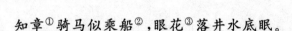

①知章：贺知章，诗人，嗜酒，狂放不羁。

②似乘船：醉后骑马，似坐船般摇摇晃晃。

③眼花：醉眼昏花。

④汝阳：汝阳王李琎。杜甫曾为其宾客。

⑤始朝天：才去朝见天子。

⑥曲车：酒车。

⑦涎：口水。

⑧左相：李适之。天宝元年为左丞相。

⑨鲸：鲸鱼，古人以为鲸鱼能吸百川之水，以此形容李适之的豪饮之态。

⑩乐圣：喜酒。古酒徒戏称清酒为"圣人"，浊酒为"贤人"。

⑪宗之：崔宗之。开元初史部尚书崔日用子与李白交情甚厚。

⑫觞：酒杯。

⑬白眼：晋阮能为青白眼，对拘守礼法的人以白眼相待，此借指崔宗之傲慢嫉俗的表情。

⑭玉树：形容人清秀出尘。

⑮苏晋：开元年间，任户部、史部侍郎、太子庶子。

⑯长斋：长期戒斋。

⑰逃禅：不遵守佛教戒律。

⑱不上船：李白豪放嗜酒，蔑视权贵。范传正《李白新墓碑》载：玄宗泛舟于白莲池，欲召李白写序，当时李白已在翰林院喝醉，高力士遂扶其上船见皇帝。这里指李白酒后狂发，无视万乘之尊严。

⑲张旭：著名书法家，善狂草，人称"草圣"。好酒。

⑳脱帽露顶：李欣《赠张旭》："露顶据胡床，长叫三五声。兴来酒素壁，挥笔如流星。"写张旭醉时不拘形态的豪放之态。

㉑如云烟：指张旭的书法变化多端、生动瑰奇。

㉒焦遂：事迹不详。

㉓卓然：独异样子。

㉔惊四筵：使四座的人惊叹。

赏析

《饮中八仙歌》是一首别具一格，富有特色的"肖像诗"。八个酒仙是同时代的人,又都在长安生活过,在嗜酒、豪放、旷达这些方面彼此相似。诗人以洗练的语言,人物速写的笔法,将他们写进一首诗里,构成一幅栩栩如生的群像图。

　　《八仙歌》的情调幽默谐谑,色彩明丽,旋律轻快,情绪欢乐。在音韵上,一韵到底,一气呵成,是一首严密完整的歌行。在结构上,每个人物自成一章,八个人物主次分明,每个人物的性格特点,同中有异,异中有同,多样而又统一,构成一个整体,彼此衬托映照,有如一座群体圆雕,艺术上确有独创性。正如王嗣奭所说:"此创格,前无所因。"它在古典诗歌中确是别开生面之作。

绝妙佳句

　　李白一斗诗百篇,长安市上酒家眠,

　　天子呼来不上船,自称臣是酒中仙。

赠卫八处士

人生不相见，动①如参与商②。

今夕复何夕，共此灯烛光。

少壮能几时，鬓发各已苍。

访旧半为鬼，惊呼热中肠。

焉知二十载，重上君子堂。

昔别君未婚，儿女忽成行。

怡然敬父执，问我来何方？

问答未及已③，儿女④罗⑤酒浆⑥。

夜雨剪春韭，新炊⑦间⑧黄粱⑨。

主称⑩会面难，一举⑪累⑫十觞⑬。

十觞亦不醉，感子故意长。

明日隔山岳，世事两茫茫。

①动：往往。

②参与商：古代星辰名，参在西，商在东，此起彼隐，从不同时出现，所以用来比喻人生别易会难。

③未及已：还没有说完。已，说完。

④儿女：一作"驱儿"。

⑤罗：陈列，摆设。

⑥酒浆：酒菜之类。

⑦新炊：刚做好的饭。

⑧间：搀杂。

⑨黄粱：黄色的小米。

⑩主称：主人说。

⑪举：举杯。

⑫累：累计，递增。

⑬觞：酒杯。

诗中酒

71

　　这首五言古诗，描写诗人和知交卫八在一个春天的夜晚久别重逢，畅饮话旧的生动场景和深厚的情谊。当时正是安史之乱，人们流离失所，奔波无定，亲朋之间也往往是别易会难。诗人对此也有深切的感受，所以通过和友人春夜重逢，倾诉离情，来表现人们所共感的这一主题。这首诗是以剪裁得当，描写生动，语言精练而著称的，被评为"情景逼真，兼极顿挫之妙"。

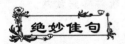

　　十觞亦不醉，感子故意长。

　　明日隔山岳，世事两茫茫。

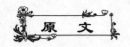

客 至①

舍南舍北皆春水,但见群鸥日日来②。

花径不曾缘客扫,蓬门今始为君开③。

盘餐市远无兼味,樽酒家贫只旧醅④。

肯与邻翁相对饮,隔篱呼取尽馀杯⑤。

①客至:客指崔明府,杜甫在题后自注:"喜崔明府相过",明府,县令的美称。

②舍:指家。但见:只见。此句意为平时交游很少,只有鸥鸟不嫌弃能与之相亲。

③蓬门:茅屋的门。

④市远:离市集远。兼味:几种菜,无兼味,谦言菜少。樽:酒器。旧醅:隔年的陈酒。樽酒句:古人好饮新酒,杜甫以家贫无新酒感到歉意。

⑤肯:能否允许,这是向客人征询。馀杯:余下来的酒。

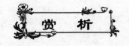

这是一首洋溢着浓郁生活气息的纪事诗,表现诗人诚朴的性格和喜客

的心情。作者自注："喜崔明府相过"，简要说明了题意。

　　杜甫《宾至》《有客》《过客相寻》等诗中，都写到待客吃饭，但表情达意各不相同。在《宾至》中，作者对来客敬而远之，写到吃饭，只用"百年粗粝腐儒餐"一笔带过；在《有客》和《过客相寻》中说，"自锄稀菜甲，小摘为情亲""挂壁移筐果，呼儿问煮鱼"，表现出待客亲切、礼貌，但又不够隆重、热烈，都只用一两句诗交代，而且没有提到饮酒。反转来再看《客至》中的待客描写，却不惜以半首诗的篇幅，具体展现了酒菜款待的场面，还出人料想地突出了邀邻助兴的细节，写得那样情彩细腻，语态传神，表现了诚挚、真率的友情。这首诗，把门前景，家常话，身边情，编织成富有情趣的生活场景，以它浓郁的生活气息和人情味，显出特点，吸引着后代的读者。

73

　　盘餐市远无兼味，樽酒家贫只旧醅。

　　肯与邻翁相对饮，隔篱呼取尽馀杯。

闻官军收河南河北①

剑外忽传收蓟北②,初闻涕泪满衣裳。

却看妻子③愁何在,漫卷④诗书喜欲狂。

白日放歌须纵酒⑤,青春作伴⑥好还乡。

即从巴峡穿巫峡⑦,便下襄阳向洛阳⑧。

①河南河北:唐代安史之乱时,叛军的根据地。公元 763 年被官军收复。

②剑外:剑门关以外,这里指四川。当时杜甫流落在四川。蓟北:今河北北部一带,是叛军的老巢。

③却看:回过头来看。妻子:妻子孩子。

④漫卷:随便卷起。

⑤白日:白天。纵酒:纵情喝酒。

⑥青春:绿色的春天。作伴:指春天可以陪伴我。

⑦巴峡:当在嘉陵江上游。巫峡:长江三峡之一,在今四川湖北交界处。

⑧襄阳:今属湖北。洛阳:今属河南。

文学常识丛书

赏 析

　　这首诗，作于唐代宗广德元年（公元763年）春天，作者五十二岁。宝应元年（公元762年）冬季，唐军在洛阳附近的横水打了一个大胜仗，收复了洛阳和郑（今河南郑州）、汴（今河南开封）等州，叛军头领薛嵩、张忠志等纷纷投降。第二年，即广德元年正月，史思明的儿子史朝义兵败自缢，其部将田承嗣、李怀仙等相继投降。正流寓梓州（治所在今四川三台），过着飘泊生活的杜甫听到这个消息，以饱含激情的笔墨，写下了这篇脍炙人口的名作。

　　杜甫于此诗下自注："余田园在东京"，诗的主题是抒写忽闻叛乱已平的捷报，急于奔回老家的喜悦。"剑外忽传收蓟北"，起势迅猛，恰切地表现了捷报的突然。"剑外"乃诗人所在之地，"蓟北"乃安史叛军的老巢，在今河北东北部一带。诗人多年漂泊"剑外"，艰苦备尝，想回故乡而不可能，就由于"蓟北"未收，安史之乱未平。如今"忽传收蓟北"，真如春雷乍响，山洪突发，惊喜的洪流，一下子冲开了郁积已久的情感闸门，喷薄而出，涛翻浪涌。"初闻涕泪满衣裳"，就是这惊喜的情感洪流涌起的第一个浪头。

　　这首诗，除第一句叙事点题外，其余各句，都是抒发忽闻胜利消息之后的惊喜之情。万斛泉源，出自胸臆，奔涌直泻。仇兆鳌在《杜少陵集详注》中引王嗣奭的话说："此诗句句有喜跃意，一气流注，而曲折尽情，绝无妆点，愈朴愈真，他人决不能道。"后代诗论家都极为推崇此诗，赞其为老杜"生平第一首快诗也"（浦起龙《读杜心解》）。

　　白日放歌须纵酒，青春作伴好还乡。

自京赴奉先县咏怀五百字

杜陵有布衣，老大意转拙。

许身一何愚，窃比稷与契。

居然成濩落，白首甘契阔①。

盖棺事则已，此志常觊豁。

穷年忧黎元，叹息肠内热。

取笑同学翁，浩歌弥激烈。

非无江海志，萧洒送日月。

生逢尧舜君，不忍便永诀。

当今廊庙具，构厦岂云缺？

葵藿②倾太阳，物性固莫夺。

顾惟蝼蚁辈，但自求其穴。

胡为慕大鲸，辄拟偃溟渤？

以兹悟生理，独耻事干谒。

兀兀遂至今，忍为尘埃没。

终愧巢与由，未能易其节。

沉饮聊自遣，放歌破愁绝。

岁暮百草零，疾风高冈裂。

天衢阴峥嵘，客子中夜发。

霜严衣带断，指直不得结。

凌晨过骊山，御榻在嵽嵲。

蚩尤③塞寒空，蹴踏崖谷滑。

瑶池气郁律，羽林④相摩戛。

君臣留欢娱，乐动殷樛嶱。

赐浴皆长缨⑤，与宴非短褐。

彤庭所分帛，本自寒女出。

鞭挞其夫家，聚敛贡城阙。

圣人筐篚恩，实欲邦国活。

臣如忽至理，君岂弃此物？

多士盈朝廷，仁者宜战栗。

况闻内金盘，尽在卫霍室。

中堂有神仙⑥，烟雾蒙玉质。

暖客貂鼠裘，悲管逐清瑟。

劝客驼蹄羹，霜橙压香橘。

朱门酒肉臭，路有冻死骨。

荣枯咫尺异，惆怅难再述。

北辕就泾渭，官渡又改辙。

群水从西下，极目高崒兀。

疑是崆峒来，恐触天柱折。

河梁幸未坼，枝撑声窸窣。

行李相攀援，川广不可越。

老妻寄异县，十口隔风雪。

谁能久不顾？庶往共饥渴。

入门闻号咷，幼子饿已卒。

吾宁舍一哀，里巷亦呜咽。

所愧为人父，无食致夭折。

岂知秋禾登，贫窭有仓卒。

生常免租税，名不隶征伐。

抚迹犹酸辛，平人⑦固骚屑。

默思失业徒，因念远戍卒。

忧端齐终南，澒洞不可掇。

注　释

①契阔：辛勤。

②藿：《广雅·释草》"豆角谓之荚，其叶谓之藿"。

③蚩尤：上古部落酋长，与黄帝战，兴大雾。

④羽林：羽林军，保卫宫禁的近卫军。

⑤长缨：达官贵人。

⑥神仙：唐人对歌妓的称呼。

⑦平人：平民，为避太宗讳。

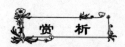

赏　析

　　天宝十三载（公元 754 年），关中秋雨六十多天，庄稼遭灾，长安也极缺粮食。杜甫生活十分困难，曾向唐玄宗献《封西岳赋》诉穷，并四出求助，仍然没有得到一官半职，只得把家小安置在奉先即今陕西蒲城，离长安二百四十里,然后只身返长安谋官。次年十月,他被任为河西县尉,不就而改任右卫率府胄曹参军,在十一月间去奉先探亲,回家看到小儿子已饿死,从自己的不幸想到人民的苦难,于是把一路上的经历和感受,写成这首杰出的长诗。其中的"朱门酒肉臭,路有冻死骨"是千古名句。

　　朱门酒肉臭,路有冻死骨。

登　高①

风急天高猿啸哀②,渚③清沙白鸟飞回④。

无边⑤落木⑥萧萧⑦下,不尽⑧长江滚滚来。

万里悲秋常作客⑨,百年⑩多病独登台。

艰难⑪苦恨⑫繁霜鬓⑬,潦倒⑭新停浊酒杯⑮。

注　译

①登高:指农历九月九日重阳节登高。

②猿啸哀:三峡多猿,鸣声凄厉哀切。

③渚:水中沙洲。

④鸟飞回:因风急所以飞鸟盘旋。

⑤无边:无边无际。

⑥落木:落叶。

⑦萧萧:落叶声。

⑧不尽:无穷无尽。

⑨客:旅居在外的人,这里是诗人自指。

⑩百年:一生。

⑪艰难:指长期漂泊在外所经历的艰难困苦。

⑫苦恨:深恨。

⑬繁霜鬓:白发增多。

⑭潦倒:失意,衰颓。

⑮新停浊酒杯:诗人因肺病而戒酒。

赏 析

这首诗大约作于大历二年(公元767年),当时杜甫卧病在夔州。此诗历来被广泛传诵,被评为"杜集七言律诗第一"。诗一开始突兀而起,劈空而来,气势不凡,有振起全篇的力量。起句七字之中写了三种景色,秋风、晴空、猿啸,有声有色而又苍茫阔远。对句也是七字中三景,江水、白沙、飞鸟,静中有动,互相映衬。这两句勾画一俯一仰间所见的景物,明丽清新,壮伟高爽。颔联分承一二两句,集中描写巫山落木,峡中江流。后两联就登高所见转向抒情。颈联写登高远望,触景而启情,容量极大,含义丰富;末联紧接上联而来,放言直抒艰难、潦倒、苦恨之情,十分感人。

绝妙佳句

艰难苦恨繁霜鬓,潦倒新停浊酒杯。

无边落木萧萧下,不尽长江滚滚来。

诗中酒

81

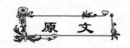

醉时歌①

诸公衮衮登台省,广文先生官独冷②。

甲第纷纷厌③梁肉,广文先生饭不足。

先生有道出羲皇,先生有才过屈宋④。

德尊一代常坎坷,名垂万古知何用!

杜陵野客人更嗤,被褐短窄鬓如丝⑤。

日籴太仓五升米,时赴郑老同襟期⑥。

得钱即相觅,沽酒不复疑⑦。

忘形到尔汝,痛饮真吾师⑧。

清夜沉沉动春酌,灯前细雨檐花落⑨。

但觉高歌有鬼神,焉知饿死填沟壑⑩?

相如逸才亲涤器,子云识字终投阁⑪。

先生早赋归去来⑫,石田茅屋荒苍苔。

儒术于我何有哉,孔丘盗跖俱尘埃⑬。

不须闻此意惨怆,生前相遇且衔杯!

不须闻此意惨怆,生前相遇且衔杯。

文学常识丛书

①醉时歌:原名赠广文馆博士郑虔。

②衮衮:众多。台省——台是御史台,省是中书省、尚书省和门下省。都是当时中央枢要机构。广文先生:指郑虔。因郑是广文馆博士。冷:清冷,冷落。

③甲第:汉代达官贵人住宅有甲乙次第,故曰甲第。厌:饱足。

④出:超出。羲皇:指伏羲氏,是传说中我国古代理想化的圣君。屈宋:屈原和宋玉。

⑤杜陵野客:杜甫自谓。杜甫祖籍长安杜陵,他在长安时又曾在杜陵东南的少陵附近住过,所以自称"杜陵野客",又称"少陵野老"。嗤:讥笑。褐:粗布衣,古时贱者所服。

⑥日籴:天天买粮,见得无隔宿之粮。太仓:京师所设皇家粮仓。当时因久雨米贵,乃出太仓米十万石减价济贫,杜甫也以此为生。时赴:经常去。郑老:郑虔比杜甫大一、二十岁,所以称他"郑老"。同襟期:谓彼此襟怀性情相同。

⑦相觅:互相寻找。不复疑:得钱就买酒,不考虑其他生活问题。

⑧忘形到尔汝:酒酣而兴奋得不分大小,称名道姓,毫无客套。

⑨檐花:檐前落下的雨水在灯光映射下闪烁如花。

⑩有鬼神:似有鬼神相助,即"诗成若有神""诗应有神助"的意思。填沟壑:指死于贫困,弃尸沟壑。

⑪相如:司马相如,西汉著名辞赋家。逸才:出众的才能。亲涤器:司马相如和妻子卓文君在成都开了一片小酒店,文君当炉,相如亲自洗涤食器。子云:扬雄的字。投阁:王莽时,扬雄校书天禄阁,因别人牵连得罪,使者来收捕时,扬雄仓皇跳楼自杀,幸而没有摔死。

⑫归去来:东晋陶渊明辞彭泽令归家时,曾赋《归去来辞》。

⑬盗跖:春秋时人,姓柳下,名跖,以盗为生,因而被称为"盗跖"。这句是聊作自慰的解嘲之语,说无论是圣贤或不肖,最后都难免化为尘埃。

诗中酒

83

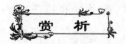

赏　析

　　根据诗人的自注,这首诗是写给好友郑虔的。郑虔是当时有名的学者。他的诗、书、画被玄宗评为"三绝"。天宝初,被人密告"私修国史",远谪十年。回长安后,任广文馆博士。性旷放绝俗,又喜喝酒。杜甫很敬爱他。两人尽管年龄相差很远(杜甫初遇郑虔,年三十九岁,郑虔估计已近六十),但过从很密。虔既抑塞,甫亦沉沦,更有知已之感。从此诗既可以感到他们肝胆相照的情谊,又可以感到那种抱负远大而又沉沦不遇的焦灼苦闷和感慨愤懑。今天读来,还使人感到"字向纸上皆轩昂",生气满纸。

绝妙佳句

　　得钱即相觅,沽酒不复疑。
　　忘形到尔汝,痛饮真吾师。

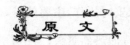

春日忆李白

白也诗无敌，飘然思不群。

清新庾开府①，俊逸鲍参军②。

渭北③春天树，江东④日暮云。

何时一樽酒，重与细论文⑤？

85

①庾开府：庾信。因其曾在北周为骠骑大将军、开府仪同三司，故称庾开府。

②鲍参军：鲍照，刘宋时曾为荆州前军参军。庾、鲍都是南北朝著名诗人，杜甫对此二人很推崇。因而说李白的诗清新似庾信，俊逸似鲍照。

③渭北：渭水北岸，借指长安一带，当时杜甫在此地。

④江东：指今江苏省南部和浙江省北部一带，当时李白在此地。这两句寓情于景，写二人天各一方，彼此都深相怀念。

⑤论文：即论诗。六朝以来，通称诗为文。

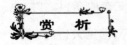

杜甫同李白的友谊，首先是从诗歌上结成的。这首怀念李白的五律，是

天宝五年(公元 746 年)或六年(公元 747 年)春杜甫居长安时所作,主要就是从这方面来落笔的。开头四句,一气贯注,都是对李白诗的热烈赞美。首句称赞他的诗冠绝当代。第二句是对上句的说明,是说他之所以"诗无敌",就在于他思想情趣,卓异不凡,因而写出的诗,出尘拔俗,无人可比。接着赞美李白的诗像庾信那样清新,像鲍照那样俊逸。庾信、鲍照都是南北朝时的著名诗人。庾信在北周官至骠骑大将军、开府仪同三司(司马、司徒、司空),世称庾开府。鲍照刘宋时任荆州前军参军,世称鲍参军。这四句,笔力峻拔,热情洋溢,首联的"也""然"两个语助词,既加强了赞美的语气,又加重了"诗无敌""思不群"的分量。

对李白奇伟瑰丽的诗篇,杜甫在题赠或怀念李白的诗中,总是赞扬备至。从此诗坦荡真率的赞语中,也可以见出杜甫对李白诗是何等钦仰。这不仅表达了他对李白诗的无比喜爱,也体现了他们的诚挚友谊。清代杨伦评此诗说:"首句自是阅尽甘苦上下古今,甘心让一头地语。窃谓古今诗人,举不能出杜之范围;惟太白天才超逸绝尘,杜所不能压倒,故尤心服,往往形之篇什也。"(《杜诗镜铨》)这话说得很对。这四句是因忆其人而忆及其诗,赞诗亦即忆人。但作者并不明说此意,而是通过第三联写离情,自然补明。这样处理,不但简洁,还可避免平铺直叙,而使诗意前后勾联,曲折变化。

表面看来,第三联两句只是写了作者和李白各自所在之景。"渭北"指杜甫所在的长安一带;"江东"指李白正在漫游的江浙一带地方。"春天树"和"日暮云"都只是平实叙出,未作任何修饰描绘。分开来看,两句都很一般,并没什么奇特之处。然而作者把它们组织在一联之中,却自然有了一种奇妙的紧密的联系。也就是说,当作者在渭北思念江东的李白之时,也正是李白在江东思念渭北的作者之时;而作者遥望南天,惟见天边的云彩,李白翘首北国,惟见远处的树色,又自然见出两人的离别之恨,好像"春树"

"暮云"，也带着深重的离情。故而清代黄生说："五句寓言己忆彼，六句悬度彼忆己。"（《杜诗说》）两句诗，牵连着双方同样的无限情思。回忆在一起时的种种美好时光，悬揣二人分别后的情形和此时的种种情状，这当中该有多么丰富的内容。这两句，看似平淡，实则每个字都千锤百炼；语言非常朴素，含蕴却极丰富，是历来传颂的名句。清代沈德潜称它"写景而离情自见"（《唐诗别裁》），明代王嗣奭《杜臆》引王慎中语誉为"淡中之工"，都极为赞赏。

清代浦起龙说："此篇纯于诗学结契上立意"（《读杜心解》），确实道出这首诗内容和结构上的特点。全诗以赞诗起，以"论文"结，由诗转到人，由人又回到诗，转折过接，极其自然，通篇始终贯穿着一个"忆"字，把对人和对诗的倾慕怀念，结合得水乳交融。以景寓情的手法，更是出神入化，把作者的思念之情，写得深厚无比，情韵绵绵。

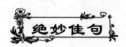

何时一樽酒，重与细论文。

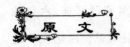

曲江（其二）

朝回①日日典春衣②，每日江头③尽醉归。

酒债寻常④行处有，人生七十古来稀。

穿花蛱蝶⑤深深见⑥，点水蜻蜓款⑦款。

传语⑧风光共流转⑨，暂时相赏莫相违⑩。

①朝回：退朝回来。

②典春衣：典当春衣换钱买酒。

③江头：曲江边。

④寻常：饮酒欠债已是常事，所到之处欠了不少酒债。

⑤蛱蝶：胡蝶恋花，飞来飞去。

⑥深深见：忽隐忽现。见即现。

⑦款款飞：忽上忽下，从容自在地飞。

⑧传语：请转告。

⑨共流转：一起游玩。

⑩莫相违：希望春光不要抛人而去。

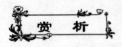

至德二年（公元757年）九月，唐军借回纥之助收复长安，十月，又收复

洛阳，肃宗返回京师。

杜甫于十一月回到长安，仍任左拾遗。当时宦官李辅国擅权，杜甫虽为谏官，但被皇帝和宰执们目为异己，受到排斥，因而心情极为烦闷。

此诗作于乾元元年（公元 758 年）春天，共二首，前一首伤春感时，言人事无常，何必被荣辱穷达所累。这里选的是第二首，写散朝后赏春纵酒、苦中作乐的情态和心境。后四句对明媚的春光也描绘得十分生动出色，表现出人与自然的亲切感。颈联对杖精巧，历来为人称道，《杜诗镜铨》云："对句活变，开后人无限法门。"

全诗意深语淡的风格也颇引人注目，《瀛奎律髓汇评》云："淡语而自然老健"。《而庵说唐诗》云："诗作流连光景语，其意甚于痛哭也。"

诗中酒

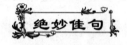
绝妙佳句

朝回日日典春衣，每日江头尽醉归。

作者简介

元结(公元 719—772 年),中国唐代文学家。字次山,号漫叟、聱叟。河南鲁山人。天宝六载(公元 747 年)应举落第后,归隐商余山。天宝十二载进士及第。安禄山反,曾率族人避难猗玗洞(今湖北大冶境内),因号猗玗子。乾元二年(公元 759 年),任山南东道节度使史翙幕参谋,招募义兵,抗击史思明叛军,保全十五城。代宗时,任道州刺史,调容州,加封容州都督充本管经略守捉使,政绩颇丰。大历七年(公元 772 年)入朝,同年卒于长安。

元结主张诗歌为政治教化服务,要"极帝王理乱之道,系古人规讽之流";能济世劝俗,补阙拾遗,"上感于上,下化于下";反对当时诗坛"拘限声病,喜尚形似"(《箧中集序》)的不良风气,开新乐府运动之先声。他的诗歌有强烈的现实性,触及天宝中期日益尖锐的社会矛盾。如《舂陵行》《贼退示官吏》,揭示了人民的饥寒交迫和皇家的征敛无度,变本加厉。《闵荒诗》《系乐府十二首》等也是或规讽时政,或揭露时弊。结几乎不写近体。除少数四言、骚体与七古、七绝外,主要是五言古风,质朴淳厚,笔力遒劲,颇具特色。但因过分否定声律词采,诗作有时不免过于质直,也导致他创作上的局限性。

元结的散文,不同流俗,特别是其杂文体散文,值得重视。如《㲀论》《丐论》《处规》《出规》《恶圆》《恶曲》《时化》《世化》《自述》

文学常识丛书

《订古》《七不如》等篇,或直举胸臆,或托物刺讥,都出于愤世疾俗,忧道悯人,具有揭露人间伪诈,鞭挞黑暗现实的功能。其文章大抵短小精悍,笔锋犀利,绘形图像,逼真生动,发人深省。其他散文如书、论、序、表、状之类,均刻意求古,意气超拔,和当时文风不同。《大唐中兴颂》文体上采用三句一韵的手法,类似秦石刻的体制,风格雄伟刚峻。后人对元结评价很高,唐代裴敬把他与陈子昂、苏源明、萧颖士、韩愈并提。又有人把他看作韩柳古文运动的先驱。

元结受道家影响,作品杂有消极退守的成分。

原有著作多部,均佚。现存的集子常见者有明郭勋刻本《唐元次山文集》、明陈继儒鉴定本《唐元次山文集》、淮南黄氏刊本《元次山集》。今人孙望校点有《元次山集》。元结所编诗选《箧中集》尚存。

诗中酒

91

石鱼湖①上醉歌并序

漫叟②以公田米酿酒,因休暇③则载酒于湖上,时取一醉。欢醉中,据湖岸引臂④向鱼⑤取酒,使舫⑥载⑦之⑧,遍饮坐者⑨。意疑倚巴丘、酌于君山之上,诸子⑩环洞庭而坐,酒舫泛泛⑪然触波涛而往来者,乃作歌以长之。

石鱼湖,似洞庭,夏水欲⑫满君山青。

山为樽⑬,水为沼,酒徒⑭历历⑮坐洲岛⑯。

长风⑰连日作⑱大浪,不能废⑲人运酒舫。

我持⑳长瓢坐巴丘,酌饮四座以散愁。

①石湖鱼:在今湖南省道县东。

②漫叟:元结的的别号。

③休暇:休息。

④引臂:伸臂。

⑤鱼:指石鱼。

⑥舫:船。

⑦载:运载。

⑧之:指酒。

⑨遍饮坐者:请所有在座的人喝酒。

⑩诸子:指同游的人。

⑪泛泛:在水上浮动的样子。

⑫欲:将要。

⑬樽:酒杯。沼:池,这里作酒池。

⑭酒徒:和作者同游并一块喝酒的人。

⑮历历:一个个意思。

⑯洲岛:指石鱼湖中的小山。

⑰长风:大风。

⑱作:发生,这里是掀起的意思。

⑲废:停止。

⑳持:全着。

诗中酒

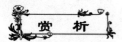

本诗通过描写石鱼湖的游宴之乐,抒发作者狂放不羁的豪放情怀。作者以山为杯,以水为酒,不畏狂风大浪,与友人饮酒于湖上。想象惊人,富有奇趣。这种寄情山水的诗,常常和作者的政治失意、心情苦闷有关。当时作者在道州,天下扰攘不安,令人忧虑,因而借酒消愁。本诗学习民歌的形式,句式自由,平易朴实,清新自然,是元结诗中形象较为丰满的篇章。

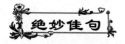

石鱼湖,似洞庭,夏水欲满君山青。

山为樽,水为沼,酒徒历历坐洲岛。

作者简介

　　岑参(公元 715 年—770 年),南阳人,一说湖北江陵人,少时隐居河南嵩阳。天宝三年进士,初为小官,后做过嘉州刺史等官,世称"岑嘉州"。诗以写边塞生活著称,与高适齐名,合称"高岑"。

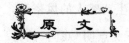

戏问花门酒家翁

老人七十仍沽^①酒,千壶百瓮花门口^②。

道傍榆荚^③仍似钱,摘来沽^④酒君肯否?

注译
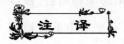

①沽:买和卖都可以称沽,这里为"卖"。

②花门口:即凉州客舍花门楼口。

③榆钱:榆树的果实。圆如铜钱,俗称榆钱。

④沽:此用为"买"。

95

赏析

这是一首别具一格的生活抒情小诗。唐玄宗天宝十载(公元 751 年)三月,安西节度使高仙芝调任河西节度使。在安西(今新疆库车)节度幕府盘桓了近两年之久的岑参,和其他幕僚一道跟随高仙芝来到春光初临的凉州城中。在经历了漫漫瀚海的辛苦旅程之后,诗人蓦然领略了道旁榆钱初绽的春色和亲见老人安然沽酒待客的诱人场面,他怎能不在酒店小驻片刻,让醉人的酒香驱散旅途的疲劳,并欣赏这动人的春光呢?

诗的开头两句纯用白描手法,从花门楼前酒店落笔,如实写出老翁待客、美酒飘香的情景,堪称是盛唐时代千里河西的一幅生动感人的风俗画,字里行间烘托出边塞安定、闾阎不惊的时代气氛,为下文点明"戏问"的诗题做了铺垫。三四两句诗人不是索然寡味地实写付钱沽酒的过程,而是在偶见春色的刹那之间,立即从榆荚形似钱币的外在特征上抓住了动人的诗意,用轻松、诙谐的语调戏问了那位当垆沽酒的七旬老翁:"老人家,摘下一串白灿灿的榆钱来买您的美酒,您肯不肯呀?"诗人丰富的想象,把生活化成了诗,读者可从中充分感受到盛唐时代人们乐观、开阔的胸襟。

　　这首诗用口语化的诗歌语言,写眼前景物,人物音容笑貌栩栩如生,格调诙谐、幽默。诗人为凉州早春景物所激动、陶醉其中的心情,像一股涓涓细流,回荡在字里行间。在写法上,朴素的白描和生动的想象相结合,在虚实相映中显示出既平凡而又亲切的情趣。本诗语言富有平实中见奇峭的韵味,给全诗带来了既轻灵跳脱又幽默诙谐的魅力。

　　老人七十仍沽酒,千壶百瓮花门口。

作者简介

　　白居易(公元 772 年—846 年),字乐天,晚号香山居士。原籍
太原,后迁居下邽(今陕西渭南东北)。一生以 44 岁被贬江州司
马为界,可分为前后两期。前期是兼济天下时期,后期是独善其
身时期。白居易贞元二十六年(公元 800 年)29 岁时中进士,先后
任秘书省校书郎、盩至尉、翰林学士,元和年间任左拾遗,写了大量
讽喻诗,唐武宗会昌六年(公元 846 年)去世。

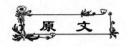

宿紫阁山①北村

晨游紫阁峰,暮宿山下村。

村老见余喜,为余开一尊。

举杯未及饮,暴卒来入门。

紫衣挟刀斧,草草十余人。

夺我席上酒,掣我盘中飧②。

主人退后立,敛手③反如宾。

中庭有奇树,种来三十春。

主人惜不得,持斧断其根。

口称采造家④,身属神策军⑤。

"主人慎勿语,中尉⑥正承恩!"

文学常识丛书

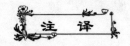

①紫阁山:终南山的一个有名山峰,在长安西南。

②飧(音孙):熟食。

③敛手:交叉双手拱于胸前,表示恭敬。

④采造家:掌管采伐木料、建造宫殿的人。

⑤神策军:中唐时期皇帝的禁卫军。

⑥中尉:即神策军头领护军中尉,由宦官担任。此诗所指的"中尉"即

最有权势的宦官吐突承璀。作者另有《论承璀职名状》，反对他兼充"诸军行营招讨处置使"（各路军统帅）。

赏　析

这首诗，就是作者在《与元九书》中所说的使"握军要者切齿"的那一篇，大约写于元和四年（公元809年）。

当时，诗人正在长安做左拾遗，为什么会宿紫山北村呢？开头两句，作了说明，原来他是因"晨游紫阁峰"而"暮宿山下村"的。紫阁，在长安西南百余里，是终南山的一个著名山峰。

"旭日射之，烂然而紫，其峰上耸，若楼阁然。"诗人之所以要"晨游"，大概就是为了欣赏那"烂然而紫"的美景吧！早晨欣赏了紫阁的美景，悠闲自得往回走，直到日暮才到山下村投宿，碰上的又是"村老见余喜，为余开一尊"的美好场面，其心情不用说是很愉快的。

但是，"举杯未及饮"，不愉快的事发生了。

诗是采取画龙点睛的写法。先写暴卒肆意抢劫，目中无人，连身为左拾遗的官儿都不放在眼里，使人不能不产生这样的疑问："这些家伙凭什么这样'暴'？"但究竟凭什么，没有说。直写到主人因中庭的那棵心爱的奇树被砍而忍无可忍的时候，才让暴卒自己亮出他们的黑旗，"口称采造家，身属神策军"。

一听见暴卒的自称，就把"我"吓坏了，连忙悄声劝告村老："主人慎勿语，中尉正承恩！"讽刺的矛头透过暴卒，刺向暴卒的后台"中尉"；又透过中尉，刺向中尉的后台皇帝！

前面的那条"龙"，已经画得很逼真，再一"点睛"，全"龙"飞腾，把全诗的思想意义提到了惊人的高度。

99

绝妙佳句

举杯未及饮,暴卒来入门。

紫衣挟刀斧,草草十余人。

夺我席上酒,掣我盘中飧。

主人退后立,敛手反如宾。

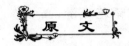

琵琶行并序

元和十年①,余左迁九江郡②司马③。明年秋,送客湓浦口④,闻舟中夜弹琵琶者,听其音,铮铮⑤然有京都声⑥。

问其人,本长安倡女⑦,尝⑧学琵琶于穆、曹二善才⑨。年长色衰⑩,委身⑪为贾人妇⑫。遂⑬命酒⑭,使快弹数曲⑮。

曲罢悯然⑯,自叙少小时欢乐事,今漂沦憔悴,转徙⑰于江湖间。余出官⑱二年,恬然⑲自安,感斯人⑳言,是夕始觉有迁谪意㉑。

因为长句㉒,歌㉓以赠之㉔,凡㉕六百一十六言,命㉖曰《琵琶行㉗》。

浔阳江㉘头夜送客。枫叶荻花秋瑟瑟㉙。主人㉚下马客在船,举酒欲饮无管弦㉛。

醉不成欢㉜惨将别,别时茫茫江浸月。忽闻水上琵琶声,主人忘归客不发㉝。

寻声㉞暗问弹者谁?琵琶声停欲语迟㉟。移船相近㊱邀相见,添酒回灯㊲重开宴。

千呼万唤始出来,犹㊳抱琵琶半遮面。转轴㊴拨弦三两声,未成曲调先有情。

弦弦掩抑㊵声声思㊶,似诉㊷平生不得志。低眉信手续续弹,说尽心中无限事。

轻拢慢撚抹复挑,初为霓裳后六幺。大弦嘈嘈㊸如急雨,小弦切切㊹如私语。

嘈嘈切切错杂弹，大珠小珠落玉盘。间关莺语花底滑，幽咽㊺泉流冰下难㊻。

冰泉冷涩弦凝绝，凝绝不通声渐歇。别有幽愁暗恨生，此时无声胜有声。

银瓶乍破水浆迸，铁骑突出刀枪鸣。曲终收拨当心画，四弦一声如裂帛㊼。

东船西舫悄无言，唯见江心秋月白。沉吟㊽放拨插弦中，整顿衣裳起敛容㊾。

自言本是京城女，家在虾蟆陵下住。十三学得琵琶成，名属教坊第一部。

曲罢常教善才服，妆成每被秋娘妒。五陵年少争缠头，一曲红绡不知数。

钿头银篦击节碎，血色罗裙翻酒污。今年欢笑复明年，秋月春风㊿等闲度。

弟走从军阿姨死，暮去朝来颜色故。门前冷落车马稀，老大51嫁作商人妇。

商人重利轻别离，前月浮梁买茶去。去来江口守空船，绕舱月明江水寒。

夜深忽梦少年事，梦啼妆泪红阑干。我闻琵琶已叹息，又闻此语重唧唧52。

同是天涯沦落人，相逢何必曾相识！我从去年辞帝京53，谪居卧病浔阳城。

浔阳地僻无音乐，终岁不闻丝竹声。住近湓江地低湿，黄芦苦竹绕宅生。

其间旦暮闻何物？杜鹃啼血猿哀鸣。春江花朝秋月夜，往往取酒还独倾。

岂无山歌与村笛？呕哑嘲哳难为听。今夜闻君琵琶语，如听仙乐耳暂明。

莫辞更坐㉝弹一曲，为君翻作琵琶行。感我此言良久立，却坐促弦弦转急。

凄凄不似向前声，满座重闻皆掩泣。座中泣下谁最多？江州司马青衫湿。

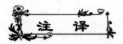

①元和十年：即公元815年，元和唐宪宗李纯的年号（公元806年—820年）。

②九江都：本来叫江州，在江西省九江市。

③司马：官名，刺史的副职。

④溢浦口：溢水进入长江处的渡口叫溢浦口，又称溢口。

⑤铮铮：象声词，形容金属相碰撞的声音。这里用以形容弹琵琶的清脆声。

⑥京都声：在京城长安流行的音乐。

⑦倡女：倡同"娼"，这里指歌女。

⑧尝：曾经。

⑨善才：唐代时技艺高超的曲师的称呼。

⑩长年色衰：年纪大了，容颜衰老了。

⑪委身：将自己托付于人。

⑫为贾人妇：做商人的妻子。

⑬遂：于是。

⑭命酒：吩咐人设酒宴。

⑮快弹数曲：畅快地弹几支曲子。

⑯悯然：忧愁的神色。

⑰转徙：辗转、迁徙。

⑱出官：由京官贬为地方官。

⑲恬然：坦然，恬静。

⑳斯人：此人，指琵琶女。

㉑迁谪意：被降职外迁不愉快的意味。

㉒为长句：作七言古诗。唐人惯称七言古诗为长句。

㉓歌：吟咏、朗诵。

㉔之：代指琵琶女。

㉕凡：总共的意思。

㉖命：给事物命题。

㉗行：乐府歌词的一种体裁，与"歌"类似泛称为歌行。

㉘浔阳江：指长江流经九江市北面一段的别称。

㉙瑟瑟：风吹草木发出的声音。

㉚主人：作者自称。

㉛管弦：管，弦乐器，泛指音乐。

㉜醉不成欢：酒虽喝的多，但没有什么欢乐。

㉝客不发：客人不开船出发。

㉞寻声：随着声音寻找。

㉟欲语迟：想说话却又迟疑。

㊱移船相近：把客船移近琵琶女的船。

文学常识丛书

㊲回灯：把等拨的更亮。

㊳犹：还。

㊴轴：琵琶上端有四根轴，用以系弦，转轴可定弦的松紧。

㊵掩仰：用掩仰的手法弹出低沉，忧郁的声调。

㊶思：思绪，情意。

㊷似诉：好像在说。

㊸嘈嘈：形容声音沉重舒长。

㊹切切：形容声音细促急切。

㊺幽咽：低声的哭泣，这里形容声音微弱，若有若无。

㊻难：形容滞涩不畅。

㊼如裂帛：声音尖锐，像撕裂丝织品的声音。

㊽沉吟：满怀心事，欲言又止的迟疑样子。

㊾敛容：显出严肃而恭敬的样子。

105

㊿秋月春风：指青春岁月。

51老大：上了年纪。

52重唧唧：更加叹息。

53帝京：皇帝住的京城，指长安。

54更坐：重新坐下。

赏　析

　　白居易把自己的诗分为讽喻、闲适、感伤和杂律四类，最为流行的是他的感伤诗如《长恨歌》与《琵琶行》。它们在当时已享有盛誉，是"童子解吟《长恨》曲，胡儿能唱《琵琶》篇"，它们被并称为"古今长歌第一"。

　　全诗层次分明，可分四段：从开头到"犹抱琵琶半遮面"为第一段，由送客写起,介绍了时间、地点、人物、环境,为后面的叙事做了必要的交待。

从"转轴拨弦三两声"到"唯见江心秋月白"为第二段,着力描绘琵琶女精湛的技艺和音乐的强烈感染力,及其"幽愁暗恨"。

从"沉吟放拨插弦中"到"梦啼妆泪红阑干"为第三段,写琵琶女自叙昔盛今衰,嫁作商人妇的不幸遭遇,以说明"幽愁暗恨"的原因。

从"我闻琵琶已叹息"到结尾为第四段,抒发了诗人对琵琶女的同情和自己不幸被贬的怨愤。

《琵琶行》在艺术上有很高的成就。长诗善于运用细节描写,突出人物的性格;运用景物描写,渲染环境气氛。在景物描写中,则以秋江月色,前后映衬和照应,使浓厚的抒情气氛贯穿于全篇的叙事之中。同时充分运用明白如话而富有音乐美的语言和生动的比喻,使琵琶女转化为具体可感的艺术形象,给人以丰富的联想,产生了引人入胜的艺术魅力。全诗虽长,但写来却挥洒酣畅,如行云流水,一气贯注,扣人心弦,在唐代的长篇叙事诗中,为最突出的名篇之一。

绝妙佳句

浔阳江头夜送客。枫叶荻花秋瑟瑟。主人下马客在船,举酒欲饮无管弦。

醉不成欢惨将别,别时茫茫江浸月。忽闻水上琵琶声,主人忘归客不发。

文学常识丛书

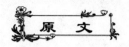

问刘十九①

绿蚁②新醅③酒,红泥小火炉。

晚来天欲雪,能饮一杯无④?

注 译

①刘十九:即刘轲,河南登封人。十九是他在兄弟辈中的排行。

②绿蚁:新酿未经过滤的酒,上面浮有米渣如蚁,略呈绿色,故称绿蚁。

③醅:未经过滤的酒。

④无:疑问语气词。

107

赏 析

这是一首以诗代柬的短笺。内容仅仅是请友人前来饮酒,但经诗人点染,却是那样的情趣盎然,另有一番境界。诗开门见山地点出新酒,接着层层进行渲染,但却留有余味,是"以眼前事为见得语"的"清潜可爱"的诗篇。

绝妙佳句

晚来天欲雪,能饮一杯无?

作者简介

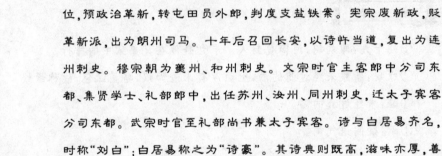

刘禹锡(公元 772 年—842 年),字梦得,洛阳(今属河南)人。贞元九年(公元 793 年)进士及第,又中博学宏辞,授太子校书,后入淮南节度使幕府为从事,调补渭南主簿,迁监察御史。顺宗即位,预政治革新,转屯田员外郎,判度支盐铁案。宪宗废新政,贬革新派,出为朗州司马。十年后召回长安,以诗忤当道,复出为连州刺史。穆宗朝为夔州、和州刺史。文宗时官主客郎中分司东都、集贤学士、礼部郎中,出任苏州、汝州、同州刺史,迁太子宾客分司东都。武宗时官至礼部尚书兼太子宾客。诗与白居易齐名,时称"刘白";白居易称之为"诗豪"。其诗典则既高,滋味亦厚,善使事运典,托物寓意,以针砭时弊,抒写情怀。

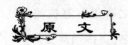

酬乐天扬州初逢席上见赠

巴山楚水①凄凉地，二十三年②弃置身。

怀旧空吟闻笛赋③，到乡翻似烂柯人。

沉舟侧畔千帆过，病树前头万木春。

今日听君歌一曲④，暂凭杯酒长精神。

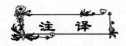
注　译

①巴山楚水：指作者贞元以后贬官处连州、郎州、夔州等地。

②二十三年：自永贞革新失败被贬，至宝历二年罢和州刺史，计二十三年。

③闻笛赋：指向秀《思旧赋》，向秀友人嵇康被害，过其旧居，闻邻笛，因作赋以寄怀旧之情。

④一曲：指白居易醉赠之作。

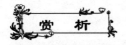
赏　析

无限穷通荣悴之感，读来令人不胜凄伤。"怀旧"一联，盖伤已故永贞同事如吕温辈，感慨系之矣。"沉舟侧畔千帆过，病树前头万木春"，历来以为"神妙，在在处处，应有灵物护之"（《刘白唱和集解》）。之所以神妙，非独道出自然界常见现象,且具有普遍哲理,即所谓"有道之言也"(赵执信《谈龙录》)。悟得其中哲理,则"终身无不平之心矣"(沈德潜《唐诗别裁集》)。

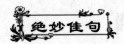

今日听君歌一曲,暂凭杯酒长精神。

作者简介

　　李贺(公元 790 年—816 年),字长吉,昌谷(今河南宜阳)人,以乐府诗著称。他的诗想象丰富,构思奇特,具有极度浪漫主义风格。诗中反映出对宦官专权、藩镇割据的强烈不满,对劳苦人民的疾苦亦寄予关切。但也有一些作品流露出人生无常的阴郁情绪。李长吉和杜牧一起并称小李杜,以别于李白杜甫。他以 27 岁英年离世,常与王勃等为后人引作"天妒英才"之力例。长吉诗结有《昌谷集》。

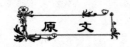

将进酒

琉璃钟,琥珀浓,小槽酒滴真珠红。

烹龙炮凤玉脂泣,罗帏①绣幕围香风②。

吹龙笛,击鼍鼓;皓齿歌,细腰舞。

况是青春日将暮,桃花乱落如红雨。

劝君终日酩酊醉,酒不到刘伶坟上土!

注 译

①罗帏:一作罗屏。

②香风:一作春风。

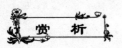赏 析

李贺这首诗以精湛的艺术技巧表现了诗人对人生的深切体验。其艺术特色主要可分以下三点来谈。

一、多用精美名物,辞采瑰丽,且有丰富的形象暗示性,诗歌形式富于绘画美。

此诗用大量篇幅烘托及时行乐情景,作者似乎不遗余力地搬出华艳词藻、精美名物。前五句写筵宴之华贵丰盛:杯是"琉璃钟",酒是"琥珀浓"

"真珠红"，厨中肴馔是"烹龙炮凤"，宴庭陈设为"罗帏绣幕"。其物象之华美，色泽之瑰丽，令人心醉，无以复加。它们分别属于形容（"琉璃锺"形容杯之名贵）、夸张（"烹龙炮凤"是对厨肴珍异的夸张说法）、借喻（"琥珀浓""真珠红"借喻酒色）等修辞手法，对渲染宴席上欢乐沉醉气氛效果极强。妙菜油爆的声音气息本难入诗，也被"玉脂泣""香风"等华艳词藻诗化了。运用这么多词藻，却又令人不觉堆砌、累赘，只觉五彩缤纷，兴会淋漓，奥妙何在？乃是因诗人怀着对人生的深深眷恋，诗中声、色、香、味无不出自"真的神往的心"（鲁迅），故词藻能为作者所使而不觉繁复了。

以下四个三字句写宴上歌舞音乐，在遣词造境上更加奇妙。吹笛就吹笛，偏作"吹龙笛"，形象地状出笛声之悠扬有如瑞龙长吟——乃非人世间的音乐；击鼓就击鼓，偏作"击鼍鼓"，盖鼍皮坚厚可蒙鼓，着一"鼍"字，则鼓声洪亮如闻。继而，将歌女唱歌写作"皓齿歌"，也许受到"谁为发皓齿"（曹植）句的启发，但效果大不同，曹诗"皓齿"只是"皓齿"，而此句"皓齿"借代佳人，又使人由形体美见歌声美，或者说将听觉美通转为视觉美。将舞女起舞写作"细腰舞"，"细腰"同样代美人，又能具体生动显示出舞姿的曲线美，一举两得。"皓齿""细腰"各与歌唱、舞蹈特征相关，用来均有形象暗示功用，能化陈辞为新语。仅十二字，就将音乐歌舞之美妙写得尽态极妍。

"行乐须及春"（李白），如果说前面写的是行乐，下两句则意味"须及春"。铸词造境愈出愈奇："桃花乱落如红雨"，这是用形象的语言说明"青春将暮"，生命没有给人们多少欢乐的日子，须要及时行乐。在桃花之落与雨落这两种很不相同的景象中达成联想，从而创出红雨乱落这样一种比任何写风雨送春之句更新奇、更为惊心动魄的境界，这是需要多么活跃的想象力和多么敏捷的表现力！想象与联想活跃到匪夷所思的程度，正是李贺形象思维的一个最大特色。他如"黑云压城城欲摧""银浦流云学水声""羲和敲日玻璃声"等等例子不胜枚举。真是"时花美女，不足为其色也；牛鬼蛇神,不足为其虚荒诞幻也"(杜牧《李长吉歌诗叙》)。

由于诗人称引精美名物,运用华艳词藻,同时又综合运用多种修辞手法,使诗歌具有了色彩、线条等绘画形式美。

二、笔下形象在空间内作感性显现,一般不用叙写语言联络,不作理性说明,而自成完整意境。

诗中写宴席的诗句,也许使人想到前人名句如"葡萄美酒夜光杯,欲饮琵琶马上催"(王翰《凉州词》),"兰陵美酒郁金香,玉碗盛来琥珀光"(李白《客中作》),"紫驼之峰出翠釜,水晶之盘行素鳞。犀箸厌饫久未下,鸾刀缕切空纷纶"(杜甫《丽人行》),相互比较一下,能更好认识李贺的特点。它们虽然都在称引精美名物,但李贺"不屑作经人道过语"(王琦《李长吉歌诗汇解序》),他不用"琥珀光"形容"兰陵美酒"——如李白所作那样,而用"琥珀浓"取代"美酒"一辞,自有独到面目。更重要的区别还在于,名物与名物间,绝少"欲饮""盛来""厌饫久未下"等等叙写语言,只是在空间内把物象——感性呈现(即有作和理性说明)。然而,"琉璃钟,琥珀浓,小槽酒滴真珠红",诸物象并不给人脱节的感觉,而自有"盛来""欲饮""厌饫"之意,即能形成一个宴乐的场面。

这手法与电影"蒙太奇"(镜头剪辑)语言相近。电影不能靠话语叙述,而是通过一些基本视象、具体画面、镜头的衔接来"造句谋篇"。虽纯是感性显现,而画面与画面间又有内在逻辑联系。如前举诗句,杯、酒、滴酒的槽床……相继出现,就给人酒宴进行着的意念。

省略叙写语言,不但大大增加形象的密度,同时也能启迪读者活跃的联想,使之能动地去填补、丰富那物象之间的空白。

三、结构奇突,有力表现了主题。

此诗前一部分是大段关于人间乐事的瑰丽夸大的描写,结尾二句猛作翻转,出现了死的意念和"坟上土"的惨淡形象。前后似不协调而正具有机

文学常识丛书

联系。前段以人间乐事极力反衬死的可悲,后段以终日醉酒和暮春之愁思又回过来表露了生的无聊,这样,就十分生动而真实地将诗人内心深处所隐藏的死既可悲而生亦无聊的最大的矛盾和苦闷揭示出来了。总之,这个乐极生悲、龙身蛇尾式的奇突结构,有力表现了诗歌的主题。这又表现了李贺艺术构思上不落窠臼的特点。

琉璃钟,琥珀浓,小槽酒滴真珠红。

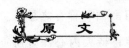

苦昼短

飞光①飞光,劝尔②一杯酒。

吾不识青天高,黄地厚。

唯见月寒暖,来煎人寿③。

食熊则肥,食蛙则瘦④。

神君何在? 太一安有⑤?

天东有若木⑥,下置衔烛龙⑦。

吾将斩龙足,嚼龙肉,使之朝不得回,夜不得伏。

自然老者不死,少者不哭。何为服黄金、吞白玉⑧?

谁是任公子⑨,云中骑白驴?

刘彻⑩茂陵多滞骨,嬴政⑪梓棺费鲍鱼。

文学常识丛书

①飞光:时光,指日、月、星光。

②劝尔:《世说新语·雅量》载:晋孝武帝司马耀时,天上出现长星(即慧星),司马耀有一次举杯对长星说:劝尔一杯酒,自古哪有万岁天子?

③煎人寿:消损人的寿命。

④食熊、食蛙:言富人食熊掌,穷人食蛙。

⑤神君、太一:都是汉武帝供奉的神灵(参《史记·封禅书》)。

⑥若木:古代神话传说中,东方日出之地有神木名扶桑,西方日落处有若木。屈原《离骚》:"折若木以拂日兮"。王逸注:"若木在昆仑西极,其华照下地。"

⑦烛龙:屈原《天问》:"日安不到? 烛龙何照?"王逸注:"天之西北有幽冥无日之国,有龙衔浊而照之。"

⑧服黄金、吞白玉:《抱朴子·内篇·仙药》:"《玉经》曰:服金者寿如金,服玉者寿如玉。"

⑨任公子:传说中骑驴升天的仙人。

⑩刘彻:汉武帝,信神仙,求长生。死后葬处名茂陵。《汉武帝内传》:"王母云:刘彻好道,然神慢形秽,骨无津液,恐非仙才也。"

⑪嬴政:秦始皇。《史记·秦始皇本纪》:"始皇崩于沙丘平台。丞相斯为上崩在外,恐诸公子及天下有变,乃秘之,不发丧。棺载辒凉车中,……会暑,上辒车臭。乃诏从官,令车载一石鲍鱼,以乱其臭。"

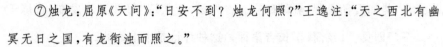

赏 析

这是一首议论性很强的歌行体诗。全诗分为三部分。

诗的前十句(至"太一安有")是第一部分,慨叹时光流逝,生命短促。

其中前六句开门见山,感叹时光流逝,点明"苦昼短"之意。时间是无形的,也是无情的。但我们的诗人却把它人格化了,不仅有形,而且有情,"飞光飞光",叫得何等亲切! 呼为"飞光",照应题目的"昼短"二字,以见时光流逝之快,也表现了诗人对"昼短"的感叹。这里,诗人把高天厚地等等情事都置之不论,只是拈出他感受最深的人寿短促一点来谈。"唯见"时光,虽然转瞬即逝,却是真实的,因为"月寒日暖"的温度变化,使诗人时时感到光阴的流逝,感到光阴的珍贵。时光呵,你停下来喝一杯酒吧! 这就

诗中酒

117

是诗人要向时光劝酒的原因。"少年心事当拿云,谁念幽寒坐呜呃!"(《致酒行》)诗人酬君报国的壮志不能实现,深深感到年华流逝是在消耗人的生命,一个"煎"字,表现出对生命的可贵和虚度光阴的痛苦。前六句写得语奇意奇,势如万仞突起,崛峭破空。古人云,李贺诗"每首工于发端,百炼千磨。开门即见。"(黎简《李长吉集评》)这种评论是很准确的。

后四句感叹生命短促,是说人的胖瘦、寿命的长短,同饮食的好坏有关,无论贫者富者,都要靠食物维持生存,有生必有死,世上根本就没有神君、太一之类保佑人长生不老的神仙,照应"来煎人寿"一句,是时光流逝的又一种表现。

"天东有若木"至"吞白玉"是第二部分,写如何解除"昼短"的痛苦。既然没有神仙可以保佑长生,要想延长寿命,就只有靠自己的努力。若木、烛龙本是两个互不相干的神话传说,诗人加以改造,赋予新意,说在天的东面有一株大树名叫若木,它的下面有一条衔烛而照的神龙,能把幽冥无日之国照亮。诗人做了一个大胆的设想,把烛龙杀而食之,使昼夜不能更替,自然就可以为人们解除生死之忧了,又何必要"服黄金,吞白玉"呢?

诗的最后四句是第三部分,是说求仙不是解除"昼短"之苦的办法,想靠求仙致长生的人,终归也死了,对求仙的荒唐愚昧行为进行了批判和讽刺。

服金吞玉也是枉然,世上不存在什么长生不死的神仙,哪里有什么白日飞升、成仙了道的事情呢?传说中骑白驴升天的任公子无可考知,即使是秦皇汉武这样的一代雄主,他们求仙长生的梦想也全都落了空,遭到了历史的嘲笑。据记载,汉武帝好神仙之道,曾经祈祷于名山大川以求神仙,调甘露,饮玉屑,奉祠神君太一以求长生,等等。《汉武帝内传》说:刘彻(汉武帝)死后,梓棺响动,香雾缭绕,得到尸骨飞化的结果。李贺却说"刘彻茂陵多滞骨",墓中遗留下来的,只是他的一堆浊骨凡胎,对神仙升化之说给予了彻底否定。"多滞骨"三字,讽刺是很深刻的。秦始皇信神仙、求长生的荒唐行为也很多,他曾派遣方士入海求仙,也曾使人寻不死之药,还曾隐秘行踪,以求一遇仙人……但也只能是枉费心机。死后耗费大量的鲍鱼,还是难以掩饰尸体的腐臭。这个"费"字用得犀利如刀,表现了诗人对求仙行为的嘲笑和蔑视,把他们愚妄无知的行为,鞭挞得入骨三分,感情色彩很强烈。

李贺否定神仙长生之说,并不是单纯地对人生问题进行空泛探讨,它更是具有深刻意义的对现实的针砭。当时,唐宪宗李纯"好神仙,求方士"(《通鉴》),为了追求长生不老之药,竟然到了委任方士为台州刺史的荒唐地步。皇帝如此,上行下效,求仙服药、追求长生,成了从皇帝到大臣的普遍风气。李贺以如此鲜明的态度大唱反调,表现出诗人的正义感和勇气。

此诗佳处,不在景致,不在藻饰,而纯以意胜。诗韵随内容而转换,每一部分的最后一韵既完成本部分的意思,又承上启下,衔接浑成,文思缜密。诗人通过丰富的想象和大胆的幻想,创造了独特的诗的意境。不仅包笼天地,役使造化,而且驱遣幽明,把神仙鬼魅都纳入诗行。诗人把"食熊则肥,食蛙则瘦"等日常生活现象,同若木、烛龙一类神话传说结合起来,用了"食""嚼"等带有人间烟火味的生动贴切的动词,形成了一种既有生活气息、又有神秘色彩的独特的艺术氛围。再加上青天、黄地、黄金、白玉、碧驴等五色陆离的色彩,真是"鲸吸鳌掷,牛鬼蛇神,不足为其虚荒诞幻也。"(杜牧《李长吉歌诗叙》)而诗人的议论、诗人的感情,全都寄寓于这些瑰诡的形象之中,使诗人对生活的认识,似虚而实,形疏而密,让读者置身于这神奇的艺术王国,体味诗人的感情,领会诗人的倾向。尽管诗人对神仙长生之说的批判深透尽致,却又能留有余意,让人玩味无穷。诗歌以带有强烈感情色彩的呼号句开始,以"刘彻茂陵多滞骨,嬴政梓棺费鲍鱼"这样的感叹句结束,中间叙述句与反问句交替使用,造成感情上的波澜起伏,回旋跌宕;随着感情的变化,语言长短不拘,参差错落,随意变态而颇有情致。方拱乾《昌谷集注序》说:"所命止一绪,而百灵奔赴,直欲穷人以所不能言,并欲穷人以所不能解",李贺正是调动了一切艺术手段,以他独特的艺术方式,来表达他对生活的独特感受和独特认识的。

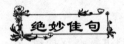

绝妙佳句

飞光飞光,劝尔一杯酒。

吾不识青天高,黄地厚。

长歌续短歌

长歌破衣襟，短歌断白发。

秦王不可见，旦夕成内热。

渴饮壶中酒，饥拔陇头粟。

凄凄①四月阑，千里一时绿。

夜峰何离离，明月落石底。

徘徊沿石寻，照出高峰外。

不得与之游，歌成鬓先改。

① 凄凄：一作凄凉。

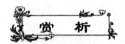

诗题《长歌续短歌》是从古乐府《长歌行》《短歌行》化出的。关于"长歌""短歌"的命意有两种说法：一是"言人寿命长短，各有定分，不可妄求"；一是"歌声有长短，非言寿命也"。从传留下来的歌词看，长歌或短歌都是悲歌，用以抒发哀婉凄伤的感情。

开头二句紧扣诗题，有愁苦万分，悲歌不已的意思。"破""断"二字，用

121

得很奇特，但细细想来，也都入情入理。古人有"长歌当哭"的话，长歌当哭，泪洒胸怀，久而久之，那衣襟自然会破烂。杜甫有"白头搔更短，浑欲不胜簪"(《春望》)的诗句，人到烦恼之至，无计可施的时候，常常会下意识地搔爬头皮，白发越搔越稀。这首诗的"断"可能就是由杜诗的"短"生发出来的。

三、四句写进见"秦王"的愿望不能实现，因而内心更加郁闷，像是烈火中烧，炽热难熬。"秦王"当指唐宪宗。王琦说："时天子居秦地，故以秦王为喻。"(《李长吉歌诗汇解》)李贺在世时，宪宗还能有所作为，曾采取削藩措施，重整朝政，史家有"中兴"之誉。李贺对这样的君主是寄托希望的。他在考进士受到排挤打击之后，幻想自己能像马周受知于唐太宗那样，直接去见皇帝，以实现他的政治理想。

五、六句具体描述自己苦闷的心情与清贫的生活，与开头二句相照应、相补充。"渴饮壶中酒"，渴是"内热"的表现，饮酒的目的在于平息内热、消愁解闷；"饥拔陇头粟"，为求见"秦王"不惜忍饥挨饿，靠从地里拔粟充饥。

七、八句写景。"凄凉四月阑，千里一时绿"，初夏已尽，盛夏来临，草木葱翠，生气勃勃，原不会有凄凉之感的。然而"绿肥红瘦"，万花摇落，又不禁为之感叹。下面的"千里"句，故意用欢乐的色调映衬凄苦的情怀，颇有"春物与愁客，遇时各有违"(孟郊《春愁》)的意味，这样反复渲染，有一唱三叹之妙。诗人述怀从景物落笔，寄情于景，意味深长。

后六句采用借喻、拟人等修辞手法，表面上写景物，实际上写人事。"夜峰何离离，明月落石底"。夜间的峰峦一个挨一个地排列着，黝黑而高，竟把那明朗的月亮遮得无影无踪，真叫人纳闷。"我"沿着那崎岖的石径四处寻觅，忽而发现它在高峰之外。峰峦阻隔，高不可攀，心中异常痛苦，因而慷慨悲歌，鬓发也在不知不觉中变得更加苍白，真是忧伤催人老啊！"夜峰""明月"等句喻意微婉。"明月"借喻唐宪宗，夜峰指代他身边的卿相们，意思是宪宗为一些大臣所包围,闭目塞聪,就像月亮为峰峦所阻隔,虽有明光,却不能下达。这些表明诗人深知当时朝廷的弊病,欲向宪宗陈述便宜,以匡时救弊,然而"山"高"月"远,投告无门,只有暗自忧伤而已。

　　杜牧在《李长吉歌诗叙》中评李贺诗曰:"盖《骚》之苗裔,理虽不及,辞或过之。《骚》有感怨刺怼,言及君臣理乱,时有以激发人意。乃贺所为,得无有是?"这首诗在立意和表现方法的运用上,都与《离骚》很相似。"夜峰何离离,明月落石底",寄托遥深。诗人把自己的意志和情绪融化在生动的比喻和深邃的意境中,含蓄隽永,优美动人,颇得《离骚》的神髓。

渴饮壶中酒,饥拔陇头粟。

凄凄四月阑,千里一时绿。

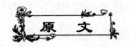

致酒行①

零落栖迟②一杯酒，主人奉觞客长寿。

主父③西游困不归，家人折断门前柳。

吾闻马周④昔作新丰客，天荒地老无人识。

空将笺上两行书，直犯龙颜请恩泽。

我有迷魂招不得⑤，雄鸡一声天下白。

少年心事当拿云⑥，谁念幽寒坐呜咽。

①这首诗是因朋友招待饮酒而作。

②零落栖迟：此言自己潦倒闲居，飘泊落魄，寄人篱下。

③主父：《汉书》：汉武帝时主父偃西入关见卫将军，卫将军数言上，上不省。资用乏，留久，诸侯宾客多厌之。后来主父偃上书终于被采纳，当上了郎中。

④马周：《旧唐书》：马周西游长安，宿于新丰，逆旅主人唯供诸商贩而不顾待。周遂命酒一斗八升，悠然独酌。主人深异之。至京师，舍于中郎将常何家。贞观五年，太宗令百僚上书言得失，何以武吏不涉经学，周乃为陈便宜二十余事，令奏之，皆合旨。太宗怪其能，问何，对曰："此非臣所能，家客马周具草也"。太宗即日招之，未至间，遣使催促者数四。及谒见，与

文学常识丛书

语甚悦,令值门下省。六年授监察御史。

⑤迷魂:此指执迷不悟。宋玉曾作《招魂》,以招屈原之魂。

⑥少年句:言少年人应有高远的理想,可是谁能想到我却如此凄凉寂寞呢? 拿云:高举入云

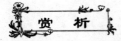

赏 析

元和初,李贺带着刚刚踏进社会的少年热情,满怀希望打算迎接进士科考试。不料竟以避父"晋肃"名讳为理由,被剥夺了考试资格。这意外打击使诗人终生坎坷,从此"怀才不遇"成了他作品中的一个重要主题。他的诗也因而带有一种哀愤的特色。但这首困居异乡感遇的《致酒行》,音情高亢,表现明快,别具一格。

《致酒行》以抒情为主,却运用主客对白的方式,不作平直叙写。诗中涉及两个古人故事,却分属宾主,《李长吉歌诗汇解》引毛稚黄说:"主父、马周作两层叙,本俱引证,更作宾主详略,谁谓长吉不深于长篇之法耶?"这篇的妙处,还在于它有情节性,饶有兴味。另外,诗在铸词造句、辟境创调上往往避熟就生,如"零落栖迟""天荒地老""幽寒坐呜呃"尤其是"雄鸡一声"句等等,或语新,或意新,或境奇,都对表达诗情起到积极作用,堪称李长吉式的锦心绣口。

125

绝妙佳句

零落栖迟一杯酒,主人奉觞客长寿。

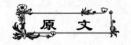

秦王①饮酒

秦王①骑虎游八极，剑光照空天自碧。

羲和②敲日③玻璃声，劫灰④飞尽古今平。

龙头⑤泻酒邀酒星⑥，金槽⑦琵琶夜枨枨⑧。

洞庭雨脚⑨来吹笙，酒酣喝月使倒行。

银云⑩栉栉⑪瑶殿⑫明，宫门掌事⑬报六更。

花楼玉凤⑭声娇狞⑮，海绡⑯红文⑰香浅清⑱，黄鹅⑲跌舞千年觥⑳。

仙人烛树㉑蜡烟轻，清琴㉒醉眼泪泓泓㉓。

①秦王：一说指唐德宗李适（kuò），他做太子时被封为雍王，雍州属秦地，故又称秦王，曾以天下兵马元帅的身份平定史朝义，又以关内元帅之职出镇咸阳，防御吐蕃。一说指秦始皇，但篇中并未涉及秦代故事。一说指唐太宗李世民，他做皇帝前是秦王。首二句写秦王威慑八方，他的剑光把天空都映照成碧色。

②羲和：传说中为太阳驾车的神。《淮南子·天文训》："爰止羲和，爰息六螭。"注云："日乘车，驾以六龙，羲和御之。"

③敲日：说他敲打着太阳，命令太阳快走。因太阳明亮，所以诗人想像

中的敲日之声就如敲玻璃的声音。

④劫灰：劫是佛经中的历时性概念，指宇宙间包括毁灭和再生的漫长的周期。劫分大、中、小三种。每一大劫中包含四期，其中第三期叫做坏劫，坏劫期间，有水、风、火三大灾。劫灰飞尽时，古无遗迹，则无古无今，是谓"古今平"。王琦认为这里是借指"自朱泚、李怀光平后，天下略得安息。"

⑤龙头：铜铸的龙形酒器。据《北堂书钞》载：唐太极宫正殿前有铜龙，长二丈。又有铜尊，容四十斛。大宴群臣时，将酒从龙腹装进，由龙口倒入尊中。

⑥酒星：一名酒旗星。《晋书·天文志》说天上下班酒旗星，主管宴饮。

⑦金槽：镶金的琵琶弦码。

⑧枨枨：琵琶声。

⑨雨脚：密集的雨点。这句说笙的乐音像密雨落在洞庭湖上的声音一样。

⑩银云：月光照耀下的薄薄的白云朵。

⑪栉栉：云朵层层排列的样子。

⑫瑶殿：瑶是玉石。这里称宫殿为瑶殿，是夸张其美丽豪华。

⑬宫门掌事：看守宫门的官员。

⑭花楼玉凤：指歌女。

⑮娇狞：形容歌声娇柔而有穿透力。狞字大约是当时的一种赞语，含有不同寻常之类的意思。

⑯海绡：鲛绡纱。《述异记》云出于南海，是海中鲛人所织。

⑰红文：海绡上绣的红色花纹。

⑱香浅清：清香幽淡的气息。

⑲黄鹅跌舞：可能是一种舞蹈。

⑳千年觥：举杯祝寿千岁。

㉑仙人烛树：雕刻着神仙的烛台上插有多枝蜡烛，形状似树。

㉒清琴：即青琴，传说中的神女。这里指宫女。

㉓泪泓泓：犹言泪汪汪，泪眼盈盈。

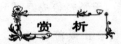

赏 析

这首诗是李贺的代表作之一，也是唐诗宝库中一颗散发出异彩的明珠。

李贺写诗，题旨多在"笔墨蹊径"之外。他写古人古事，大多用以影射当时的社会现实，或借以表达自己郁闷的情怀和隐微的意绪。没有现实意义的咏古之作，在他的集子里是很难找到的。这首诗题为《秦王饮酒》，却"无一语用秦国故事"（王琦《李长吉诗歌汇解》），因而可以判定它写的不是秦始皇。诗共十五句，分成两个部分，前面四句写武功，后面十一句写饮酒，可见重点放在饮酒上。诗人笔下的饮酒场面是"恣饮沉湎，歌舞杂沓，不卜昼夜"（姚文燮《昌谷集注》）。诗中的秦王既勇武豪雄，战功显赫，又沉湎于歌舞宴乐，过着腐朽的生活，是一位功与过都比较突出的君主。唐德宗李适正是这样的人。他即位以前，曾以兵马元帅的身分平定史朝义之乱，又以关内元帅的头衔出镇咸阳，抗击吐蕃。即位后，见祸乱已平，国家安泰，便纵情享乐。这首诗是借写秦始皇的恣饮沉湎，隐含对德宗的讽喻之意。

前四句写秦王的威仪和他的武功，笔墨经济，形象鲜明生动。首句的"骑虎"二字极富表现力。虎为百兽之王，生性凶猛，体态威严，秦王骑着它周游各地，谁不望而生畏？它把抽象的、难于捉摸的"威"变成具体的浮雕般的形象，使之深深地铭刻在读者的脑子里。次句借用"剑光"显示秦王勇武威严的身姿，十分传神，却又如羚羊挂角，香象渡河，无形迹可求。"剑光

照天天自碧",运用夸张手法,开拓了境界,使之与首句中的"游八极"相称。第三句"羲和敲日玻璃声",注家有的解释为"日月顺行,天下安平之意";有的说是形容秦王威力大,"直如羲和之可以驱策白日"。羲和,御日车的神。因为秦王剑光照天,天都为之改容,羲和畏惧秦王的剑光,惊惶地"敲日"逃跑了。第四句正面写秦王的武功。由于秦王勇武绝伦,威力无比,战火扑灭了,劫灰荡尽了,四海之内呈现出一片升平的景象。

诗中酒

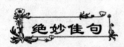

洞庭雨脚来吹笙,酒酣喝月使倒行。

作者简介

杜牧(公元803年—852年),字牧之,唐京兆万年(现在陕西省西安市)人。晚年居长安城南樊川别墅,后世因称之"杜紫薇""杜樊川"。晚唐杰出诗人,尤以七言绝句著称。擅长文赋,其《阿房宫赋》为后世传诵。注重军事,写下了不少军事论文,还曾注释《孙子》。有《樊川文集》二十卷传世,为其外甥裴延翰所编,其中诗四卷。又有宋人补编的《樊川外集》和《樊川别集》各一卷。

文学常识丛书

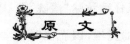

遣 怀

落魄①江湖载酒行，楚腰②纤细掌中轻③。

十年④一觉扬州梦，赢得青楼⑤薄幸名。

①落魄：仕宦潦倒不得意，飘泊江湖。魄一作拓。

②楚腰：指细腰美女。《韩非子·二柄》："楚灵王好细腰，而国中多饿人。"

③掌中轻：汉成帝皇后赵飞燕"体轻，能为掌上舞"（《飞燕外传》）。

④十年：一作三年。

⑤青楼：旧指精美华丽的楼房，也指妓院。薄幸：薄情。

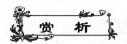

这首诗，是杜牧追忆在扬州当幕僚时那段生活的抒情之作。

诗的前两句是昔日扬州生活的回忆：潦倒江湖，以酒为伴；秦楼楚馆，美女娇娃，过着放浪形骸的浪漫生活。"楚腰纤细掌中轻"，运用了两个典故。楚腰，指美人的细腰。"楚灵王好细腰，而国中多饿人"（《韩非子·二柄》）。掌中轻，指汉成帝皇后赵飞燕，"体轻，能为掌上舞"（见《飞燕外

诗中酒

131

传》)。从字面看，两个典故，都是夸赞扬州妓女之美，但仔细玩味"落魄"两字，可以看出，诗人很不满于自己沉沦下僚、寄人篱下的境遇，因而他对昔日放荡生涯的追忆，并没有一种惬意的感觉。为什么这样说呢？请看下面："十年一觉扬州梦"，这是发自诗人内心的慨叹，好像很突兀，实则和上面二句诗意是连贯的。"十年"和"一觉"在一句中相对，给人以"很久"与"极快"的鲜明对比感，愈加显示出诗人感慨情绪之深。而这感慨又完全归结在"扬州梦"的"梦"字上：往日的放浪形骸，沉湎酒色；表面上的繁华热闹，骨子里的烦闷抑郁，是痛苦的回忆，又有醒悟后的感伤……这就是诗人所"遣"之"怀"。忽忽十年过去，那扬州往事不过是一场大梦而已。"赢得青楼薄幸名"——最后竟连自己曾经迷恋的青楼也责怪自己薄情负心！"赢得"二字，调侃之中含有辛酸、自嘲和悔恨的感情。这是进一步对"扬州梦"的否定，可是写得却是那样貌似轻松而又诙谐，实际上诗人的精神是很抑郁的。十年，在人的一生中不能算短暂，自己又干了些什么，留下了什么呢？这是带着苦痛吐露出来的诗句，非再三吟哦，不能体会出诗人那种意在言外的情绪。

前人论绝句尝谓："多以第三句为主，而第四句发之"（胡震亨《唐音癸签》），杜牧这首绝句，可谓深得其中奥妙。这首七绝用追忆的方法入手，前两句叙事，后两句抒情。三、四两句固然是"遣怀"的本意，但首句"落魄江湖载酒行"却是所遣之怀的原因，不可轻轻放过。前人评论此诗完全着眼于作者"繁华梦醒，忏悔艳游"，是不全面的。诗人的"扬州梦"生活，是与他政治上不得志有关。因此这首诗除忏悔之意外，大有前尘恍惚如梦，不堪回首之意。

落魄江湖载酒行，楚腰纤细掌中轻。

江南①春

千里莺啼②绿映红③，水村④山郭⑤酒旗⑥风⑦。

南朝⑧四百八十寺⑨，多少楼台⑩烟雨⑪中。

①江南：长江以南广大地区。

②啼：鸣叫。

③绿映红：花草树木，红绿相衬。映，衬托。

④水村：水乡。

⑤山郭：山城。郭，外城墙，这里指城镇。

⑥酒旗：酒店的招牌，像旗子，用竹竿挑在门外，俗称望子。这里用来泛指酒楼店铺。

⑦风：春风。

⑧南朝：指公元420年—589年，即魏晋以后，隋唐以前，在我国南方先后建立的宋、齐、梁、陈四个朝代，都城都建在建康。（今江苏省南京市）

⑨四百八十寺：南朝佛教盛行，梁代尤甚。当时仅都城建康兴建的佛寺，就有五百多所。这里是一个大概的数字。

⑩楼台：寺庙的楼台亭阁。

⑪烟雨：烟雾般的蒙蒙细雨。

133

诗中酒

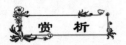

赏　析

　　诗的题目是"江南春",所以一开头就高瞻远瞩,以"千里莺啼绿映红"这样一个远镜头,概括了江南的春天,风光无限。一气呵成,明快流畅。同时,从时间上来说,诗人也不只是着眼于眼前的景物,而是透过它们,缅怀那已成历史陈迹的偏安王朝,寄托了自己的兴亡之感,反映出诗人对中唐以后朝廷苟安,国势日衰的无限慨叹。

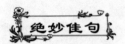

　　千里莺啼绿映红,水村山郭酒旗风。

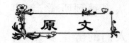
泊秦淮①

烟笼②寒水月笼沙,夜泊秦淮近酒家。

商女③不知亡国恨,隔江犹唱④《后庭花》⑤。

①泊:停船靠岸。秦淮:河名,发源于江苏溧水县东北,西流经金陵进入长江。相传秦始皇开凿钟山,以疏淮水,故名。

②笼:笼罩。

③商女:指卖唱的乐妓。

④犹唱:还唱。

⑤后花庭:《玉树后花庭》的简称。南朝陈朝最后一个皇帝陈后主(叔宝)作的歌曲名,后人把它看作亡国之音。

赏　析

沈德潜在《唐诗别裁集》中评此诗为"绝唱"。诗人通过写夜泊秦淮的所见所闻,揭露了晚唐统治阶级沉溺酒色、醉生梦死的腐朽生活。全诗寓情于景,叙事抒情相结合。首句创造了悲凉的意境,茫茫沙月,迷濛烟水,写出了江夜的萧瑟索寞。第二句上下承转,三四句重在抒情,由"酒家"引

诗中酒

出"商女"，由"商女"引出唱《玉树后庭花》的靡靡之音；从观感到听觉，叙事中有抒情，抒情中有议论，无情地揭露和鞭挞了达官贵人们的醉生梦死，诗人对晚唐衰败的隐忧之情也不言而喻。

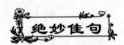

烟笼寒水月笼沙，夜泊秦淮近酒家。

作者简介

　　陆龟蒙(？—约公元 881 年)，字鲁望，号天随子，长洲县人，居甫里(今甪直)，别号甫里先生、江湖散人等，晚唐文学家、诗人。陆龟蒙出身江南名望大族，后家道衰落。陆龟蒙曾任湖州、苏州刺史幕僚。后买地置宅退隐于甫里，一面赋诗撰文，一面从事农业生产。曾"有地数亩，有屋三十楹，有田奇十万步，有牛不减四十蹄，有耕夫百余指"。他善诗，与著名诗人皮日休最友善，常互相唱和，同负盛名，时称"皮陆"。好藏书，家有藏书万卷，精于校雠。

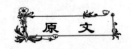

原文

和袭美春夕酒醒

几年无事傍江湖,醉倒黄公旧酒垆。

觉①后不知明月上,满身花影倩人扶。

注译

①觉:睡醒。

赏析

这是一首闲适诗。"闲适诗"的特点,向例是以自然闲散的笔调写出人们无牵无挂的悠然心情,写意清淡,但也反映了生活的一个方面。

同时,有些佳作,在艺术上不乏可资借鉴之处。"袭美",是诗人皮日休的表字。陆龟蒙和皮日休是好友,两人常相唱和。此诗是写诗人酒醉月下花丛的闲适之情。

起句"几年无事傍江湖",无所事事,浪迹江湖,在时间和空间方面反映了"泛若不系之舟"(《庄子·列御寇》)的无限自在。

第二句中的"黄公旧酒垆",典出《世说新语·伤逝》,原指西晋时竹林七贤饮酒的地方,诗人借此表达自己放达纵饮的生活态度,从而标榜襟怀的高远。

"觉后不知明月上",是承前启后的转接,即前承"醉倒",后启归去倩人搀扶的醉态。

此处所云"不知",情态十分洒脱;下句"满身花影倩人扶"是全篇中传神妙笔,写出了月光皎洁、花影错落的迷人景色。一个"满"字,自有无限情趣在其中。

融"花"、融"月"、融"影"、融"醉人"于浑然一体,化合成了春意、美景、诗情、高士的翩翩韵致。

这首诗着意写醉酒之乐,写得潇洒自如,情趣盎然。诗人极力以自然闲散的笔调抒写自己无牵无挂、悠然自得的心情。

然而,以诗人冠绝一时的才华,而终身沉沦,只得"无事傍江湖",像阮籍、嵇康那样"醉倒黄公旧酒垆",字里行间似仍不免透露出一点内心深处的忧愤之情。

139

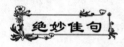

几年无事傍江湖,醉倒黄公旧酒垆。

作者简介

范仲淹(公元989年—1052年),字希文,苏州吴县(今属江苏)人。二岁亡父,其母改嫁山东朱氏,他也从其姓,名朱悦。大中祥符八年(1015年)登进士第,始复姓范,改名仲淹。天圣六年(1028年)因晏殊推荐,任秘阁校理。历任陈州(今河南淮阳)知州、右司谏、睦州(今浙江建德)、苏州(今属江苏)、开封府、饶州(今江西波阳)、润州(今江苏镇江)、越州(今浙江绍兴)、邓州(今属河南)等州知州,官至参知政事(副宰相)。曾在西北守边,抵抗西夏入侵,功绩突出。卒谥"文正",世称"范文正公"。

范仲淹是北宋著名政治家,为人以风节自励,敢于批评时弊,议论天下大事,常奋不顾身。因而多次触犯权贵,屡遭攻击排挤。庆历三年(1043年),应宋仁宗要求,与富弼、韩琦等人策划政治改革,史称"庆历新政"。因守旧派阻挠而未能实施。作为政治家,他倡言"先天下之忧而忧,后天下之乐而乐",重道义,尚名节,厉廉耻,身体力行,激励士风。不仅为"当时诸公间第一品人"(黄庭坚《跋范文正诗》),其促进宋代新士风之建立,更是影响深远。

范仲淹不以文学为专门,但也不谓无心。他也颇有些文才兴致,因此诗、词、文都有名篇传世。他倡导文风改革,但观点不像道学家那样迂腐偏激。主张诗要有谏政规俗的功用,但他自己的作品却多"览物之情"。他的诗古、近体兼有,与同时"西昆体"诗

人不同。诗歌语言清雅质朴，多有议论和寄托，但不枯燥，也不古板，颇能表现其胸襟怀抱。有《范文正公诗余》一卷，收《彊村丛书》中。其边塞词《渔家傲》"塞下秋来风景异"人道开北宋豪放词先声。其散文《岳阳楼记》为中国古代游记散文之圭臬。

诗中酒

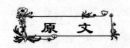
渔家傲

塞下①秋来风景异。

衡阳雁②去无留意。

四面边声③连角起。

千嶂④里。长烟落日孤城闭。

浊酒一杯家万里。

燕然⑤未勒归无计。

羌管⑥悠悠霜满地。

人不寐。将军白发征夫泪。

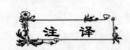

注 译

①塞下：这里指西北边疆。

②衡阳雁：湖南衡阳市内有回雁峰，为衡山七十二峰之首，相传雁至此不再南飞，遇春则北泛。

③边声：边塞的鸟鸣笳鼓声。

④千嶂：无数陡峭并裂的山峰。

⑤燕然：山名。

⑥羌管：西北边疆民族的一种笛子。

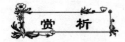

　　本篇写作者守边生活的亲切体验和悲壮情怀。上片从听觉、视觉两方面写足了边地秋天景象："千嶂里。长烟落日孤城闭。"与王维《使至塞上》诗："大漠孤烟直,长河落日圆。"意境相类而情调迥异。下片抒发兵将共同襟怀,边功未就,故里难归。将军的白发、士兵的眼泪体现出报国无门、壮志未酬的悲愤。"羌管悠悠霜满地"绘军中月夜之景,景中含情,极富典型意义。此篇词境开阔,格调悲壮,给宋初充满吟风弄月、男欢女爱的词坛吹来一股清劲的雄风,对以后的词风革新产生了积极影响,是一首难得的佳作。

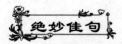
绝妙佳句

　　浊酒一杯家万里。燕然未勒归无计。羌管悠悠霜满地。人不寐。将军白发征夫泪。

143

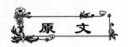

苏幕遮

碧云天,黄叶地,秋色连波,波上寒烟翠。山映斜阳天接水,芳草无情,更在斜阳外。

黯①乡魂,追旅思②。夜夜除非,好梦留人睡。明月楼高休独倚,酒入愁肠,化作相思泪。

①黯:因伤感而失色。
②旅思:漂泊者的关乡之思。

这首词别本题作《别恨》或《怀旧》,抒写作者秋天思乡怀人的感情。上片用多彩的画笔绘出绚丽、高远的秋景,意境开阔。"碧叶天,黄叶地"为传诵名句。词的下片表达客思乡愁带给作者的困扰,极其缠绵婉曲。以夜不能寐、楼不能倚、酒不能消解三层刻画,反言愈切。煞拍酒化为泪,消愁之物反酿成悲戚之情,最为警策。前人颇诧异镇边帅臣"亦作此消魂语"。《左庵词话》解释说:"希文宋一代名臣,词

文学常识丛书

笔婉丽乃尔，比之宋广平赋梅花，才人何所不可，不似世之头巾气重，无与风雅也。"此说可谓得之。

酒入愁肠，化作相思泪。

诗中酒

145

作者简介

晏殊（公元991年—1055年），字同叔，封临淄公，谥元献，抚州临川（今属江西）人。七岁能文。真宗景德二年（1005年），以神童召试朝廷，赐同进士出身，任秘书省正字。仁宗朝备受宠信，任枢密使、同中书门下平章事（宰相），又以宰相资格出任过颍州（今安徽阜阳）、陈州（今河南淮阳）等处的地方行政长官。晏殊地位显达，但政治上却无什么事功建树，作风偏于保守。不过其为人尚属耿直，尤其善于发现和奖掖人才，当时名士范仲淹、富弼、宋祁、欧阳修、梅尧臣等人，或是他的门生，或得到了他的培养与提拔。作为一位达官，晏殊的日常生活是闲适享乐的。据宋人笔记记载，他特别喜欢与宾客诗酒宴游，每聚会，必有歌乐助兴，酒毕则与宾客相与作诗写词。据说他平生作诗过万首（宋祁《笔记》卷上），估计大部分作品就是在这种应酬中写成的。

他是宋代词坛唯一堪称词人的宰相，又是中国历史上一位著名的神童作家。有《珠玉词》一卷，《全宋词》存词一百三十六首，《全宋词补辑》三首，大多为艳词及寿词。风格典丽沉郁，多涵人生忧戚之慨，温润秀洁，和婉清雅，是北宋前期词坛开风气的主要人物。

他是"杨刘"之后，梅尧臣、欧阳修创作活跃之前最重要的诗人（宋祁《笔记》卷上）。人们通常把他归称为"西昆体"诗人，但晏

文学常识丛书

146

殊年辈较杨亿等为晚，没有参加"西昆酬唱"，诗风在"西昆体"的基础上也略有变化，可以看作是后期"西昆体"的代表。

晏殊"风骨清羸，不喜食肉，尤嫌肥羶，每读韦应物诗，爱之曰：'全没些脂腻气'"（吴处厚《青箱杂记》卷五），可见其在诗歌方面的审美趣味。他的诗不像杨亿等人的诗那样词藻密塞、色彩浓厚，而是意象清雅，句调轻快，以清婉圆润见长。晏殊现存诗有限，他的文学地位主要由词确立。《宋史·晏殊传》称他的诗"闲雅有情思"，这是他的诗、词共同的特征。

诗中酒

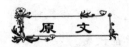
浣溪沙

一向①年光有限身,等闲离别②易消魂③,酒筵歌席莫辞频。

满目山河空念远,落花风雨更伤春,不如怜取④眼前人。

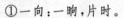
①一向:一晌,片时。

②等闲离别:动辄分别。

③销魂:江淹《别赋》有"黯然销魂者,唯别而已美。"

④怜取:即怜悯的意思。

文学常识丛书

晏殊一生仕宦得意,过着"未尝一日不宴饮""亦必以歌乐相佐"(叶梦得《避暑录话》)的生活。这首词描写他有感于人生短暂,想借歌筵之乐来消释惜春念远、感伤时序的愁情。这首词上下片前两句均从大处远处落笔,提出了人生有限、别离常有,山河宏阔、好景不驻的偌大缺憾,含有无限人生感喟。尾句则以把酒听歌、怜爱有情人以解之。词小而充满深远哲思,体现了作者把握当前、超脱愁苦的明达识度。"年光"从时间说,"山河"从空间说;"伤春"承"消魂"来,"怜取

148

眼前人"应"酒筵歌席"语。前后片浑然一体，契合无间。其语言清丽，音调谐婉。

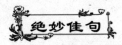

　　一向年光有限身，等闲离别易消魂，酒筵歌席莫辞频。

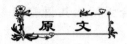

浣溪沙

一曲新词酒一杯①，去年天气旧亭台②。夕阳西下几时回？

无可奈何花落去，似曾相识燕归来。小园香径③独徘徊。

①一曲：此句化用白居易《长安道》诗意："花枝缺处青楼开，艳歌一曲酒一杯。"

②去年：此句化用五代郑谷《和知己秋日伤感》诗："流水歌声共不回，去年天气旧池台。"本词的"亭台"，原本作"池台"。

③香径：散发着落花香味的小径。

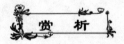

这首词悼惜残春，感伤年华的飞逝，又暗喻怀人之意。人事变迁，光阴流转，回忆怅惘，无可奈何。夕阳西沉，一去不返，花落燕归，触目伤情，悒郁难解，思致缠绵，委婉含蓄，语言流利，音韵和谐，情文并茂。词中"无可奈何花落去，似曾相识燕归来"一联，成为后世传诵的名句。这首《浣溪沙》，乃晏元献（晏殊谥号）名篇，亦乃宋词之名作，给人以美的享受。杨慎《词品》云："'无可奈何'二语工丽，天然奇偶。"晏殊也极自喜，故复用于诗中。

无可奈何花落去，似曾相识燕归来。

作者简介

　　程颢(1032 年—1085 年),字伯淳,世称明道先生。洛阳(今属河南)人。嘉祐二年(1057 年)进士,历任鄠县(今陕西户县)、上元县(今江苏江宁)主簿、晋城(今属山西)令。熙宁初,为太子中允、监察御史里行,因不满新法,改外任,任签书镇宁军判官、扶沟县(今属河南)令。哲宗立,召为宗正丞,未行而卒。

　　他是著名的理学家,与其弟程颐并称"二程"。二人学说,世称"洛学"。他为人比较通达,不似弟弟程颐那么过于方巾气,也不似程颐那么反对作诗。据说他不除窗前草,说是留着观察自然生机,又用小盆养鱼数尾,说是观万物自得之意。他的诗常写这种观物之乐,还常写游山玩水,表现天地万物融和骀荡的感觉。不事雕琢,语言自然。

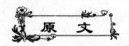
郊行①即事

芳原绿野恣行②时,春入遥山③碧四围。

兴④逐乱红⑤穿柳巷,困⑥临⑦流水坐苔矶⑧。

莫辞盏⑨酒十分劝⑩,只恐风花一片飞⑪。

况是清明好天气,不妨游衍⑫莫⑬忘归。

诗中酒

注 译

①郊行:交游。即事:对当前的事物有感于事的诗,多用即事标题,故又称即事诗。

②恣行:尽情游赏。

③遥山:远山,这句是说春色进入了遥远的山峦,山的四周一片碧绿。

④兴:乘兴,随兴。

⑤乱红:指落花。

⑥困:困倦。

⑦临:面临。

⑧苔矶:长满青苔的水中石滩。

⑨盏:小杯。

⑩十分劝:这里指深饮。诗人一小杯一小杯地自斟自饮,尽醉方休,却说是酒杯在殷勤相劝,自己不要推辞。

⑪只恐句：暮春繁花将尽，所以诗人对残存的花朵非常爱惜，只怕风吹掉了一片花瓣。

⑫游衍：游玩流连。

⑬莫：同"暮"。

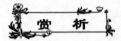

"郊行"即在郊外游览。这首春游记事，诗描绘了碧树满目，花瓣飘飞的春景，抒写了清明时节随意漫游，尽情观赏的快乐。首联写郊外春色正浓，浓到极处，春即将暮，与后面乱红落花的暮春景色前后呼应。但作者并没有伤春之感，而是对眼前的春光倍加爱惜，恣意游赏。二、三两联细致刻画了一个年事已高，犹有童心的诗人形象，表现了他随顺性情，陶冶春光的情趣，以及他对自然纯真的精神境界的追求。该诗反映了作者即物穷理，自强不息的精神。

莫辞盏酒十分劝，只恐风花一片飞。

况是清明好天气，不妨游衍莫忘归。

作者简介

陈师道（1053 年—1102 年），字履常，又字无己，号"后山居士"。徐州彭城（今江苏徐州）人。早年师从曾巩。元祐二年（1087 年），苏轼等推荐他任徐州州学教授。后又因梁焘推荐，为太学博士，改颍州（今安徽阜阳）教授。绍圣元年（1094 年）被视为苏轼余党而罢归。元符三年（1100 年）召为秘书省正字。不久病卒。

他一生浪不得志，家境贫寒，有时连家人也养不起，不得不把子女送到岳父家寄养。不过他立身处世浪有骨气，尊师重道，不依附权贵。因出于苏轼门下，故被后人列为"苏门六君子"之一。他是江西诗派的重要诗人，与黄庭坚并称"黄陈"，还被宋末的方回推为江西诗派"三宗"之一。他本来作诗并无专门师法对象，自从见了黄庭坚的诗，便烧弃旧作，改学黄诗。后又进一步学杜甫，下了浪大功夫，连以学杜诗著称的黄庭坚也称赞他"作诗深得老杜之句法，今之诗人不能当也"（王云《题后山集》引）。不过他学问才力不如黄，学黄诗注注显得力不从心。学杜诗昌有句法逼真之处，但缺乏杜甫的阔迈雄浑，同样力不从心。较之杜、黄，题材内容上也相对偏狭。

他是宋代最著名的苦吟诗人，自云"此生精力尽于诗"（《绝句》），创作态度严肃认真，每有灵感，便急忙赶回家，撵走家人与猫狗,拥被而卧,苦吟累日,诗成乃起。因此黄庭坚称他是"闭门觅句",一个"觅"字,很能传神。经过一番苦思冥想,下死力苦炼,其诗自然也有了苦涩的味道。思路深刻精细,字句简炼紧凑,除掉了浮华的辞藻,不说空话、大话,冷静地观照,平静地述说,创造一种瘦硬劲峭的风格,表达深挚的感情。不过一旦雕琢过头,便免不了艰涩生硬之病。

文学常识丛书

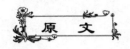

除夜①对酒赠少章②

岁晚身何托,灯前客未空。

半生忧患里,一梦有无中。

发短愁催白,颜衰酒借红。

我歌君起舞,潦倒各相同。

①除夜:除夕。

②少章:秦觏,秦观的弟弟,字少章。

157

　　沧然激楚,神完力足。第三联时人盛赞其工,《王直方诗话》:"乐天有诗云:'醉貌如霜叶,虽红不是春',东坡有诗云:'儿童误喜朱颜在,一笑那知是酒红',郑谷有诗云:'衰鬓霜供白,愁颜酒借红',老杜有诗云:'发少何劳白,颜衰肯更红',无已诗云:'发短愁催白,颜衰酒借红',皆相类也。然无已初出此一联,大为当时诸公之所称赏。"

　　发短愁催白,颜衰酒借红。

作者简介

李清照(1084 年—1155 年),号"易安居士",齐州章丘(今属山东)人,迁居济州历城(今山东济南)。她的父亲李格非,熙宁九年进士,以文章受知于苏轼,是所谓"苏门后四学士"之一,有《洛阳名园记》传世。后来也入了"元祐党籍",受到牵连。丈夫赵明诚(宰相赵挺之子)精通金石书画,她早年与赵明诚致力于金石书画的收藏与研究。建炎三年(1129 年),赵明诚病逝,她孤身一人辗转流迁于江浙一带。晚年处境悲苦,据说曾改嫁,不久即离异。享年至少 73 岁。

她是中国古代杰出女词人。前期词清新活泼,充满对生活的热爱。经靖康之变,流落南方后,身逢乱离,国破夫亡,词风苍凉凄咽,充满忧患感伤,并寓故国山河之恸。其词情真意淳,擅长白描,善用口语,清雅秀洁,炼字、炼句、炼意均能出于自然。沈谦云:"男中李后主,女中李易安,极是当行本色。"(《填词杂说》)李调元云:"易安在宋诸媛中,自卓然一家,不在秦七、黄九之下,词无一首不工,其炼处可夺梦窗之席,其丽处直参片玉之班,盖不徒俯视巾帼,直欲压倒须眉。"(《雨村词话》)其《词论》提出词"别是一家"的观点,对后世影响浪大。著有《李易安集》十七卷,《漱玉词》一卷(别本五卷),不传。今人有《李清照集注》《重辑李清照集》等。《全宋词》存词四十七首,断句数则。

她也擅长诗文。早年曾有"诗情如夜鹊，三绕未能安"之句，比喻新奇，曾受到晁补之的称赞（朱弁《风月堂诗话》卷上）。她的诗以感慨深沉、情意真切见长，语言或雄放或清健，都有自己的面目。其父李格非论文主张"字字如肺肝出"，这大概对她有一定影响。作为女作家，不只在宋代（南宋王灼《碧鸡漫志》卷二："若本朝妇人，当推文采第一"），就是在整个中国历史上，其天份和才情都堪称第一。

诗中酒

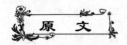

醉花阴

薄雾浓云愁永昼,瑞脑①消金兽②。

佳节又重阳,玉枕纱厨③,半夜凉初透。

东篱把酒黄昏后,有暗香盈袖。

莫道不消魂?帘卷西风,人比黄花瘦。

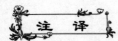

①瑞脑:一种香料,即瑞龙脑。

②金兽:兽状金属香炉。

③纱橱:指纱帐。

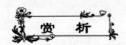

此词别本题作"重阳"或"九日"。"每逢佳节倍思亲",此时李清照夫妻暂时分离,思念之情绵绵不绝。

上片述由白昼到深夜一整天独处深闺的离愁。窗外阴沉暗淡,室内香烟缭绕,"永""销"二字透露出独处香闺、度日如年的心境。次日为九九重阳,又逢佳节倍思亲之际,离思转深,以故香帐凭枕,夜深难寐。"凉初透",兼写秋节萧瑟与心境凄冷。

文学常识丛书

下片纪重阳赏菊情事。自古即有重九饮酒赏菊风俗，陶潜九月九日于"宅边东篱下菊丛中……就酌，醉而后归"（《续晋阳秋》）。

词人继踵文苑雅事，黄花拂袖，而离愁难解，遂逗出煞拍三句。"销魂"，深化篇首"愁"字，由"愁"而致人瘦，见出离思深沉。帘外黄花与帘内佳人，相映生辉，形神酷似，同命相恤，物我交融，创意极美。据伊世珍《嫏嬛记》载：易安以此词寄明诚，"明诚叹赏，自愧弗逮，务欲胜之。一切谢客，忘食忘寝者三日夜，得十五阕，杂易安作，以示友人陆德夫。德夫玩之再三，曰'只三句绝佳。'明诚诘之。答曰：'莫道不消魂，帘卷西风，人比黄花瘦。'正易安作也。"传闻未必可信，但这三句确言他人之所未能言也。

诗中酒

绝妙佳句

东篱把酒黄昏后，有暗香盈袖。莫道不消魂？帘卷西风，人比黄花瘦。

161

醉 歌

读书三万卷①,仕宦②皆束阁③;

学剑四十年,虏血未染锷④。

不得为长虹,万丈扫寥廓⑤;

又不为疾风,六月送飞雹。

战马死槽枥⑥,公卿守和约;

穷边⑦指淮淝⑧,异域⑨视京洛。

於乎⑩此何心,有酒吾忍酌?

平生为衣食,敛⑪版靴两脚;

心虽了是非,口不给⑫唯诺⑬。

如今老且病,鬓秃牙齿落。

仰天少⑭吐气,饿死实差⑮乐。

壮心埋不朽,千载犹可作⑯。

注 译

①三万卷:形容书极多,非实数。

②仕宦:做官。

③束阁:捆扎放在高阁,弃置不用。

④锷:剑锋。

⑤寥廓:辽阔,指天空。

⑥槽枥:马槽,马棚。

⑦穷边:最远的边界。

⑧淮淝:淮水,淝水。

⑨异域:外国地区。

⑩於乎:即"呜呼",叹息声。

⑪敛:收敛。

⑫给:足以。

⑬唯诺:应答。

⑭少:稍。

⑮差:稍微,比较的。

⑯作:起。

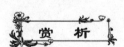

绍熙元年(1190 年)夏作于山阴。诗人借醉中作歌吐尽了壮志未酬的悲愤,同时又痛快淋漓地严斥了苟且求和,不思夺回河山的公卿大臣。

於乎此何心,有酒吾忍酌?